文
景

Horizon

社 科 新 知　文 艺 新 潮

Quasi due

Hamid Ziarati

差不多两人的战争

[意大利] 哈米德·齐亚拉提——著

张亦非——译

上海人民出版社

献给我的姐姐纳比德和我的哥哥纳赛尔

他们在最艰难的年代

出色地担当了父母的角色

也献给我的侄子和侄女们

阿里安、伊伦、埃斯特尔、埃利娅、达维德和切萨雷

目录

一

想办法弄到一个玻璃瓶，哪怕是那种装牛奶的瓶子，对我来说是小事一桩。然而，考虑到这个瓶子原来有多脏，决定什么时候不再去洗它，则是在逆光下细看之后才能解决的问题。不过一旦我把一块拧起来的抹布塞进去，瓶子上很快就只剩下我的指印，别的什么都看不见，干净得能放进冰箱装冰水。当然，前提是能找到这么大的瓶塞，而且我也没打算用这个瓶子来干别的。

我对自己的成果相当满意，于是模仿了扎尔歪着嘴的笑容，当他因为微不足道的理由得到夸奖时，总会扬起一侧嘴角笑起来。

我只要等待合适的时机就能完成自己的计划。家里刚没了爸爸和妈妈窥探的耳目，我就急急忙忙从隐蔽的角落拿出一把钥匙，这个角落我本来不该知道的，因为钥匙能打开院子深处的小棚屋，那地方是爸爸一个人用的。

我仔细地观察了挂锁，以便分毫不差地记住它的位置，然后用手捏住锁来减弱响声。我缓缓推开门，同时尽力撑起门的重量，这样就能减轻生锈的合页发出的嘎吱声，而这响动正是我父母最有利的防盗工具。我走进屋里，踮起脚尖够到墙上最小的漏斗，把它塞进那个纤尘不染的瓶口。我拧下20升装汽油桶的盖子，这桶油是我爸爸小心保存下来的，在革命前后那段日子，油泵供油的时间飘忽不定，最后完全变成了凭票配给。我抓住铁丝绕成的锋利手柄，轻轻地让油桶向前倾，另一只手伸到底部支撑。沉重的油桶勒着我的手指。我只把它抬起一点点，让汽油能灌进瓶子而不会溅到地面上。我做得干净且不露痕迹。

但我一脚踢到油桶的正中央，咕噜一声迸出了一股油。这股喷流仿佛心怀某种怨恨。油桶好像也被那不该喷出的油所触怒，在为重振士气而战略性地退避之后，又重拾毁灭性的力量，第二次喷出的油把漏斗和瓶子都打翻在地（瓶子从此告别了它的澄澈）。

漏斗还插在瓶子里。它们就这样倒在地上，仿佛两个共患难的英雄伙伴。它们已经是两具无用的空壳，汽油在它们周边流散开来，散发着一股化学品的味道，这股恶臭能够疏通因感冒而严重堵塞的鼻子，也能疏通像路上的食品杂货商那样鼻毛旺盛的鼻子。

我难以置信地看着这场灾难，喉咙因恶臭而发热，眼睛因灼痛而充满泪水。我开始感到头晕。我马上盖好油桶的盖子，走出棚屋，呼吸新鲜空气，思考着被爸爸发现后如何避免等待我的末日审判。

我一路跑回家里，拿起一块妈妈平时用来打扫屋子的抹布。我把头低到胸前，仿佛一只受冻的小鸟。我试着吸掉地上的油渍，并把它拧进漏斗中，但油滴只是在我手上散开来，让我有种冷热交织的感觉。我决定放弃，再一次走到屋外，以厘清思路，再呼吸点清新的空气，我迫切地想念空气的味道，仿佛只有她值得想念。

而接下来我感觉夏末的烈日仿佛偏离了它在天空的中心位置，把所有热量倾泻在我身上。突如其来的莫大恐惧使我不由自主地全身抽搐。我跳起来，双臂向前伸，似乎连一个瘟疫病人的拥抱也不会拒绝。我双手张开呈扇形，仿佛孤身度过求爱期的开屏孔雀，我不断颤抖的脸部肌肉仿佛在突破它灵活度的极限。总之，我仿佛一根在狂风暴雨中瑟瑟发抖的小草。

我重新控制住身体、掌握住局势后，听到一个声音，有人突然发问，让我不知所措："你在干什么？"是扎尔，他坐在我们两家院子之间的围墙上。

"你疯了吗？"我向他喊道。

"我吓到你了？"

"没有。你把我剩下的胆子都给吓没了。你下来，我们好好算账。"

"你把梯子拿来！"

"你真是疯了……我爸妈告诉过你多少次，在爬围墙之前要先告诉我，要先问过我你能不能到这边来！"

“多少次？”

“多少次？”

“一次？”

“只有一次？已经有很多、很多、很多次了！”

“那就是三次？”

“你快走吧，要不然……”我环顾四周，搜寻着打在额头上会很疼的东西。

“得了吧，我知道你家里没有别人！”他回答道。

“你怎么知道的？”

“我就是知道。你在干什么？”

我怒气冲冲地等着他，眼睛里简直要冒火，但根本没法和他讲理，也没法让他明白我受了多大惊吓。我抬起胳膊又迅速放下，仿佛在驱赶一只苍蝇，并摇了摇头。我偷偷朝小棚屋的方向瞄了一眼，一个冷战掠过全身，凝结在下腹的位置：门还开着。

“你能不能别捣乱了？”我声音冷静语速极慢地说道。

“有什么秘密啊？快说，你在干吗？”

“这——跟——你——有——什——么——关——系？”我一个字一个字尽可能清楚地说。

“快告诉我吧！”

“我用回声告诉你，也许你就能听懂了：跟——你——有——什——么——关——系！有——什——么——关——

系？什——么——关——系？关——系？系？系？系？快走开！”

我刻意不去看棚屋的门，心里希望他什么都没有注意到。

“你确定？你真的希望我走？”

“你想让我写个书面声明吗？快走！”

“谁知道明天这个时候，你爸妈会不会想知道你今天这时候在干什么！”

我没明白他的意思。我朝围墙走过去，站在他的正下方，以便看清他的脸，弄明白他是不是真的什么都知道了。

“你干什么？敲诈？我什么都没干，就算干了又怎么样？你什么都没看见。懂吗？明天这个时候，或者早一点、晚一点，不管你在我爸妈那儿透露什么风声，全都是假话。我和你对证。现在快走开，你在院子里留下影子了。”

“不，不。我不会跟他们说。他们不会从我这儿听到一句话。”

“那是什么？为什么明天我爸妈就会问我今天这时候在干什么？”

“因为明天这时候，艾哈迈德老爷会告诉他们，他今天来送信的时候你不在家。”

“艾哈迈德老爷？邮递员？”

“他连踢带打敲了半小时门，快把门卸下来了。”

“他为什么不按门铃？”

“这一带已经停电两个多小时了。”

我没管还趴在墙头的扎尔，三大步跑回家，猛冲进大门。我上气不接下气地开了门，跟艾哈迈德老爷打招呼，他已经在另一个邻居雅斯敏家门口了。

“慢点！我只希望没打扰你。”

“别担心……一点都不打扰……给我吧……我在阳台上……清理鸽子笼……没听见……三层楼梯……跑过来……喘不过气……”

“家里没大人吗？”

乍一听，他问有没有大人是想要惯常的小费，但实际上他是想尽一切可能羞辱我：他还在为几个月前的那件事生我的气，就是刚入夏那会儿，在初中毕业考试过后十来天的时候。

那其实不是什么大不了的事。学校放假了，我们身边没有了严格的规矩，也没有了暴虐的副校长——他从来不放过用尺子抽我们手掌或者屁股的机会，我们这群街上的孩子突然发现整个上午都空闲下来。我们寻找各种刺激，还肆无忌惮地乱喊乱叫，一直折腾到午饭时间，但是在下午最热的那段时间里，这是绝对不被允许的，原因就是我们的妈妈以及一些人的爸爸习惯在烈日高照的时候开着窗户午睡。

不过，如果我们非得为那件事找出元凶，那就是加赛米夫人了。

一吃完午饭，我们这群孩子就相约去检验花费大量时间共同设计出的结果，这项计划是在无休止的高中入学考试期间完成的。最终的成果并没有新奇到能获得年度发明奖，但准备工作还是必不可少的，因为我们创办了第一届街道足球赛。

我们把沿河捡拾的碎木钉在一起，组装起来，做成了两个小球门，而那条河在我们这条路的尽头形成了一道分界线，隔开了我们和其他一切。接下来，我们进行内部集资，一米一米地买回绳子，编织起来制成球网。然后用剩下的钱买了一个塑料球，虽然不太圆，但我们把烧热的针插进球的结点，也就是模具接合处给它放气，最后它也变圆了。

为了在禁止吵闹的时段检验成果，我们一致同意把短袖衫的领子咬在嘴里踢球，免得忍不住喊起来。对违反约定者的惩罚获得一致通过：罚出场五分钟。我们还自己规定，反弹传球是更严重的犯规，因为在安静的环境里，这么做噪音太大了。

我们都竭力想让在沥青地面滚动的足球不出声，就好像是在绿色的台球桌布上那样，结果没人注意到潜伏着的危险，否则早就夹着球门和球逃之夭夭了。加赛米夫人那个母夜叉从她家大门里跳出来，裹着一件祷告时穿的印着小花的白披风，在空中截获了我们的球，还拿走了球门。我们一看见她的身影，就像球王贝利在电影《胜利大逃亡》里那样带着球迅速避开，一直到她从视线中消失，我们才听到她的喊声，这声势就好像七武士同时现身[1]。如同春日里的倾盆大雨，雷声紧跟着闪电，只隔几秒钟就到。我们既失望又生气，悄悄向麦赫兰抱怨。他是加赛米夫人的儿子，和我们一起踢球，他跟在妈妈身后跑，以便尽可能挽回局势，像是起飞的飞机留在地面上的影子。

加赛米夫人和麦赫兰都进门之后，我们听到一记响亮的耳光，然后就看到门缓缓地开了一条缝。我们悄然无声地定在原地。门开了一指宽，仿佛在问：谁在敲门？

毕扬和小个子侯赛因向加赛米夫人家跑去，打算代表我们全体向她道歉，并且央求她把球和球门还给我们，同时许诺我们的比赛只会在下午晚些时候进行，而我们其他人也准备好了为加赛米夫人仁慈的行为鼓掌。

我们用动作鼓动和激励他们前行，他们两人离半开的门还有几步远的时候，从那条缝里伸出了一条女人的胳膊，戴着精巧的、叮当作响的金手镯。但它消失得比出现的速

[1] 黑泽明执导的电影《七武士》。——译注，下同

度还快，同时用力地关上了门。

接着我们的目光很快被落在沥青地面上的球所吸引。在用眼睛看到之前，我们从撞击的声音中就明白此刻已经没有任何弥补的办法了：那个母夜叉用一把刀戳破了我们的球，就好像切开一个西瓜一样。我们立即屈服了，因为当我们在下午踢球、挑战命运的时候，经常会发生这类事情。给我们教训的不只是加赛米夫人，我们的妈妈们轮流出手，为了这条街的安宁，她们甚至在参与行动之前互相通气，来发动最迅速的袭击。

到了这个地步，我们只能希望她做出特别宽宏大量的举动，起码在几个星期后归还我们的球门。

没收事件之后的第二天早上，因为不知道能做什么，毕扬提出了挑战赛的主意，这真是能想出来的最蠢的事情。大伙轮流参赛，要么接受挑战，要么轮到的人永远被贴上胆小鬼的标签。

扎尔的挑战是骑着艾哈迈德老爷的摩托车在街上兜一圈，这台摩托就像载重的战马，背负着装满待送信件和账单的挂包。所有人都等着看扎尔干这件再愚蠢不过的事，他显然被大伙的热情鼓舞了，于是接受了这项自杀式的挑战，我无论如何没法劝说他放弃证明自己不是懦夫的念头。我也没能说服毕扬和其他人让扎尔换一项不那么冒险的挑战。他们想象着扎尔被艾哈迈德老爷追赶的情景，觉得十分刺激，等不及要笑到下巴脱臼。于是我提议找人协助扎尔，因为这项壮举绝对需要一个同谋，一个至少能在他蹬了支架却没能发动摩托的情况下推一把，让摩托开动起来的人，我怂恿毕扬去陪扎尔，因为这是他的主意。毕扬无条件地拒绝了，说假如轮到他，他不会退缩。他还说，如果我真想这么做，可以自己去帮扎尔，因为我也还没有证明自己不是胆小鬼。

我用大概够咽下口水的时间想了一下，就直视着他答道我接受，这将是我和扎尔的考验。

我的皮肉已经在为这件事的后果隐隐作痛。我踮起脚，把嘴凑在毕扬的耳边，右手食指戳在他胸前。

“你知道这是件蠢透了的事，对不对？最后真的会有人倒大霉。”

他笑得很开心，连连点头表示心知肚明。

我和扎尔朝我们的目标靠近。他走在我的前面，自从我告诉他要表现得从容，他就变成了某部无声电影里的演员，用手势代替了话语，哪怕我们没有钢琴来当背景音乐。

扎尔在人行道上一路小跑，曲折前行，在每一棵树、每一个花坛后面躲藏。他在停泊的汽车底下打滚，就像内战时期的士兵一样。为了不让艾哈迈德老爷看见，他还像个悠悠球一样上蹿下跳，结果引来了所有人的目光。对他来说，那项挑战立即变成了第二次世界大战期间夺取德军堡垒的进攻，就像格利高里·派克和安东尼·奎恩在电影《纳瓦隆大炮》里一样。

我感觉到最好顺从他。于是我在一辆汽车后面追上他，向他比画在战争片里看了无数遍的动作：食指和中指放在眼睛前面，然后指向敌人的方向，等等等等。

我等着艾哈迈德老爷离他的摩托车足够远，他每天都把车停在半路上，以便从第一家到最后一家分发邮件。接着，在时机成熟的时候，我像风一样跑过去，纵身一跃，坐到了摩托车的座位上。我开始用尽全力去蹬踏板，把全身的力气都压在一只脚上，接着又压到另一只脚上，心里祈祷它能发动。摩托车震动起来，接着又发出隆隆的轰鸣，艾哈迈德老爷的喊声让我感到后背遭到重击，仿佛雪崩来临。其实是扎尔，他本该来推我增加速度，却在激动之下骑上了摩托车的后座，坐在我身后，让支架弹了起来。

摩托车突然加速向前冲去，发出抓挠木头的尖利声音，但我的身体像是被身后的世界拉住了。这不是发动时的反冲力，而是艾哈迈德老爷本人，他跑着追上了我们，抓住扎尔的衣领，而扎尔又用双手紧紧抱住我的腰，免得被拽下来。

接着摩托车一会儿朝左边倾斜一会儿又朝右边倾斜，拖着我往前，就像灌满了风的塑料袋突然从篱笆枝上脱落下来。

我一控制住把手，就转过头，看到扎尔屁股着地，已经落入了艾哈迈德老爷的魔爪，他正高声咒骂我。扎尔用胳膊护着自己，躲避拳打脚踢和耳光，一遍一遍地说他只是想让我停下，不是帮我抢摩托。其他孩子并没有过来帮忙拦住艾哈迈德老爷，都在欢呼雀跃。

我用力把两个闸杆拉向自己。摩托车和我都倾斜了，然后撞在一棵树干又黏又尖锐的松树上。我把摩托车靠在树上，没有熄火，然后抓了一把土，准备一旦被艾哈迈德老爷捉住，就把土朝他眼睛撒过去。接着我朝他跑去。

他放走了扎尔，咆哮着转向我这个方向。但我绕着一辆停着的汽车躲避他。他也围着汽车追了我几次，每走一步都说一串关于我父母和我祖父的花言巧语，但最后因为筋疲力尽而放弃了，转而去取回他的摩托车。

我朝扎尔走过去，看他怎么样了。除了左边脸颊上清晰可见的四个指印，他似乎一切都还好。我帮着他站起来，他一边开始揉屁股一边喊疼。邻居们的邮件散落在人行道上。有一些主妇已经从窗户里探出头，想弄明白这片喧闹的来源，因此我拉着扎尔向小伙伴们走去，以便隐蔽起来。所有人都在夸张地大笑，特别是毕扬。

“但你们还没有完成在街上转一圈的任务，胆小鬼。”

我死死盯着他。他迎着我的目光，继续嘲讽地大笑，笑得摇摇晃晃，就像汽车后视镜上粘着的弹簧小丑一样。

我也笑起来，先是把一只手放在他肩上，接着又放上另外一只，我左右看看，然后把他拉向自己这边，装着要告诉他一个不想让别人听见的秘密。他顺从了我的意思，朝我俯身，这个高度我已经能够着了。什么都无法改变我在家将会受到的严厉惩罚，所以我决定干脆做到底，然后承担这件事的全部责任。

当毕扬等着我止住笑、告诉他那个特别保留的巨大秘密时，我用头猛地撞向他的鹰钩鼻。他立刻疼得用手捂住脸，向前弯下腰。这是个再好不过的姿势。我在心里暗谢，接着抬起右腿的膝盖朝他两腿间飞去。

他重重地摔倒在地，就像一块湿透的抹布从晾衣绳上掉下来，一只手捂着脸，另一只捂着裤裆。鼻子里的血和眼睛里的泪像瀑布一样奔涌而下。

其他孩子先是迷惑地后退，然后试图抓住我，免得我继续暴揍他。我本来也没打算这么做，于是命令他们别碰我，除非想得到同样的待遇。我抓住毕扬，感觉到自己像《回头是岸》里的保罗·纽曼一样。

“你说得对，我们没有在街上兜风。我确实是个胆小鬼。”

在他继续抽搐和喘息，无法回答我的时候，我带着刻意摆出的蔑视朝他身上吐了一点口水，由于情绪激动，嘴里已经很干燥了。然后我跑回家躲起来，等着艾哈迈德老爷来和我爸妈和平商讨针对我的那些没用的措施，而我将被视作整件事的唯一责任人。

由于那次鲁莽的行动，我没能享受到考试后应得的假期，而是整个夏天都被迫待在叔叔的商店里，他的商店在德黑兰的另一边。我代替堂哥苏赫拉布帮他制作电力和水利装置，修理家用电器，清理和更换屋顶水空调上铺的茅草，因为堂哥刚刚去服兵役了。

自从发生了那件糟糕的事情，这还是我第一次面对面地遇到艾哈迈德老爷。

“那么，你家里到底有没有大人来拿这个？”艾哈迈德老爷又问了一遍，虽然我嘴唇上方的茸毛已经开始变黑，也开始变得像初生小猫的毛一样硬。

“如果要签收，就让我来签。今年冬天我在冰浴盆里睡过觉，像巴巴塔赫尔·欧里扬[1]那样，而且我也会写字了！”

“你的脸皮厚得像加兹温[2]的浮石。”

“要是这样的话，我也像加兹温的浮石一样结实。给我邮件，我还有事要做。这是什么，一封挂号信吗？”

“不，是电费账单。”

---

[1] 11世纪伊朗诗人、神秘主义学者。

[2] 伊朗西北部城市。

“可它永远也不来。”

“谁永远也不来？”

“电。”

在他恶意的眼神下，我带着斯坦·劳莱式的微笑回答道。我下巴向前伸，面颊挤到眼睛底下，嘴唇紧抿，还抬手拨了拨头上竖起的一撮头发。考虑到我为了赔偿他而承受的强制劳动，这已经是最轻的了：那只不过是一台半坏的摩托车，还有车身上一道不知道什么时候在哪儿留下的印记。

艾哈迈德老爷并没有接受我的“好意”，他轻蔑地把账单朝我扔过来。我也向前猛冲，免得因为弯腰捡起账单而受辱。我有可能像一袋土豆一样栽倒，但我还是接住了飞在空中的账单，这是一个纳迪娅·科马内奇[1]式的动作，接着我又骄傲地稳稳当当站在地上。我朝他伸出没拿东西的那只手，掌中空空如也，对他说：“想拿小费可不能这么干！”

他一只脚跺着地面，假装要来追我，而我一边跑一边挥舞着手中的账单说：“艾哈迈德老爷，看在你已经上了年纪的分上，应该派一个块头更大的人来吓唬我！”

他完全没接受这第二句俏皮话，真的过来追我了。

“给我滚，你这背信弃义的小子！要是让我逮住，我非

[1] 罗马尼亚著名女子体操运动员。

得好好教训……"

我向他道别，还说了下次再见的客套话，然后就跑回家里，砰地关上门。我把账单扔在门口的小桌上，跑进院子奔向我的瓶子。

幸好扎尔已经不在那儿了。我爬上梯子检查，确定他不在围墙的另一边准备着再次伏击。接着我从花园弄来一些松软的土，抹擦棚屋地板上的灰尘，直到踩踏出的痕迹变得和地面其他地方一样脏，这样我就抹掉了来过这里的一切印记。

我再次尝试抬起油桶，这次没打开盖子，只是为了试试我的力气。结果不得不放弃了。我看了看小棚屋的墙壁，想找到点儿能帮我忙的东西，但什么有用的东西都没有。我决定推迟计划，爸妈随时有可能从集市上回来。这样我就得解释待在爸爸的棚屋里干什么。

我跳起来重新把漏斗挂回钉子上，拿起我那不再干净的瓶子，准备离开。这时我看到问题的答案就挂在棚屋的墙上：一根红色的胶皮管，爸爸用它把汽油从汽车的油箱吸进那个该死的油桶里。我为之前没想到它而咬住了嘴唇。

我把管子的一头插进油桶，带着满意的微笑把另一头放进嘴里，开始吸。汽油却冷不防涌进了嘴里。我迅速把管子插进瓶子里，一边拼命吐唾沫，忍住想呕吐的感觉，免得把地面弄得更脏。

瓶子一瞬间就满了，好像一个被施了魔法的奶瓶，不是从奶嘴里挤出牛奶，而是从含着奶嘴的婴儿那里把牛奶再吸回来。就在快要溢出来的时候，我拔出了管子，用大拇指把它堵住，然后把里面残余的油全都挤回油桶里。我盖好油桶，跑到外面的水龙头底下清洗我的嘴。

我洗了无数遍脸。可是每个打出来的嗝都能让我感觉到汽油那种刺激性的味道。我深深地吸气，弄得自己头晕。然而嘴里那股恶臭一直都在。

稍稍觉得好一点的时候我立即回到棚屋，把一切都整理好。我用挂锁锁好门，把钥匙准确地放回原来的位置。我拿回瓶子，撕了一块抹布，卷起来塞进瓶颈里。

现在只差几件事要做了：找个地方把我的战利品藏到晚上，偷一块肥皂和一件能把它擦碎的工具，然后就能做成我人生中第二件“莫洛托夫鸡尾酒”[1]了。

我第一次见到这东西是在革命胜利前的两个夜晚，也就是阿亚图拉·霍梅尼穿着军礼服，在空军的欢迎下重回伊朗[2]的十几天之后。我们这条街恰好就在名为“空军部队”

[1] 土制燃烧弹的别称。

[2] 1979 年 2 月 1 日伊朗革命的政治和精神领袖阿亚图拉·鲁霍拉·穆萨维·霍梅尼以胜利者的姿态归国，受到数百万伊朗民众欢迎。

的街区里，原因很简单：我们周围都是空军基地，还有沙阿[1]无数行宫中的一处。

从北边那个最小的基地里，日夜都传出飞机发动机的轰鸣声，住在附近的人就好像生活在一个永远在地震的小岛上。我们这条街的西边有另一个大基地，它在通往德黑兰市中心的大道上，有一道长得看不到头的绿色围墙。还有一个基地在街区以南，离我们最近，那里有训练营和射击用的固定靶，每天早晨我们都能听到那边传来的升旗号，有时候还有当值军官歇斯底里的喊叫声。然后在街道尽头的那条河对岸，有一片巨大的荒地，一条六车道公路从那里穿过，在荒地的另一边有座棕色的山，山脚下有一座金色圆顶的豪华建筑。周围是各种各样粗壮的百年老树，像一堵无法翻越的城墙围起了那幢建筑。人们说那是沙阿狩猎用的田产之一，不过没人看到过沙阿带着他的随从们越过那些栅栏。不管怎么说，伊朗沙阿是自己邻居这个想法，一直让整个街区的居民感到自豪，哪怕一年当中只有一个下午能当上邻居。这种自豪感一直持续到不久前抗议活动爆发的时候，抗议活动随后又引起了革命。在那以后，那栋建筑又成了浪费公款的标志，这些钱都来自我们的石油。

革命胜利前那两个混乱的夜晚，我们这条街和社区里

[1] 伊朗国王的称号。

其他街道一样，预备好了军队的最后进攻。实际上，第一天早晨，在我们家北边的两个军营之一就发生了军人叛乱，士兵们不再听从支持沙阿的将军们发出的命令。士兵还和平民一起清空了军营里的兵器库，他们武装到牙齿，想要避免一场似乎已经迫在眉睫的军事冲突。

从上午十点开始我们耳边就持续不断地响着枪声，到了中午，耳朵已经自动把枪声当成了正常的背景音，好像那些消音器坏掉还在社区里疾驰的摩托车一样。下午两点，广播里发布了德黑兰军事指挥官的公告，他要求加强宵禁，把时间范围扩大到下午四点半至第二天正午。传言说宵禁是为了让坦克和部队开进反叛的军营，然后血洗这些地方。还有传言说，叛军为了避免被镇压，打算在黄昏前攻占这个地区的其他几个军营。

夜幕即将降临的时候我们的街区受到围攻，一方是组织混乱的游击队，另一方是正规军，这些正规军反倒成了我们眼中的外国人和入侵者。

两派之间的冲突引发了严重的混乱和恐慌。日落之后，公开站在反独裁阵营的各个家庭准备好了黄麻袋子，来保护他们最珍贵的物质财富：家。十来个男人下到河床里，他们都是各家最活跃的父亲和最能干的兄长，手里握着铲子，开始用沙子和河里的鹅卵石填满口袋。其他人用肩膀扛起装满的袋子，一个摞一个地把它们堆在街道的两头，立起两道路障来自我防卫。

“把它们堆成长方形！”

“用房子的墙壁当一条边！这样能省不少力气，我们也不会堵住路。”

“堆成半圆更好吧！”

“对，就堆成半圆，更结实。”

“这儿得留一些洞，要不然还叫什么战壕？”

“弄得大点，这样他们就能轮流休息了。”

“要搭个避雨的棚子，还需要几根梁。”

“里边还得能点篝火，太冷了。”

“拿些木头和箱子来……所有能烧的东西都行。”

“还得让他们泡点茶，可怜的家伙们。”

“如果他们饿了……”

当男人们全力以赴修建用以阻挡坦克的路障时，各家的女人在路上铺开了一张张床单，坐在上面围成圈。她们手里拿着擦板，把一块又一块肥皂擦碎，这东西已经很难寻获了。

大一点的男孩子，也就是街上那群一贯游手好闲的家伙，突然不再谈论足球，也不再跟在姑娘们后边吹口哨，而是充满热情地谈论着政治，谈论着为了赢得一个民主自由的国家将要进行的武装斗争，同时他们把漏斗嘴从一个又一个瓶子里穿进穿出，用极难找到的汽油填满这些瓶子。

接着他们朝瓶子里扔进一把由女人们擦成末的肥皂，并用破布把这种混合物塞在瓶中，这些布条经过裁剪，一头能漂在可燃液体中，好像割断了的鱼鳍一样，而另一头伸出瓶口，如同一绺梳下来用以掩饰局部秃顶的头发。

没人能说得清，做莫洛托夫燃烧瓶的时候用碎肥皂干什么，人们都看过革命军分发的传单，或者是秘密印发的报纸，上面都有制作燃烧瓶的指南，虽然已经进入警戒状态，但每个路口都在卖这些报纸。

我们这群少年虽然已经不是孩子，但也没被看作成年人。我们想尽自己所能给大人们帮忙，但是男女两群人都不让我们靠近，把我们踢来踢去，免得在他们身边碍事。装沙子的人不愿意让我们待在河边，因为可能会掉下河；女人也把我们赶走，因为我们不听她们闲聊；准备瓶子的大孩子们也和我们保持一定的距离，因为怕我们把整条街都点着。

我试图打听更多关于制作燃烧瓶的信息，以便进行我的军火实验，但只获得了模糊的答案。

“肥皂碎屑是干什么用的？”

“之所以叫‘鸡尾酒’，就是因为它由好几种东西组成，否则就简单地叫汽油瓶了。”

“好吧。可为什么是肥皂，不是樟脑丸也不是甘油之类的东西？”

“肥皂能让燃烧面不受污染，保持干净。”

“你的意思是它比酒精好？”

“我觉得不是……”

“那我们为什么不直接用酒精？”

“那太贵了，而且谁家也没那么多酒精。”

“它为什么叫莫洛托夫？”

“因为你把它抛出去的时候，布条上的火焰在空气中燃烧，发出‘莫洛——莫洛——莫洛’的声音，直到击中目标，然后在炸开的时候，猛地发出一声像‘托夫’的声音。”

“我们朝河里扔一个试试吧，看它能不能用。”

“老天保佑你的祖先，快走吧，去烦别人！”

就在我们准备用一切办法来保卫自己住处的时候，从一段距离以外不太远的地方传来几声枪响，紧接着就是一阵扫射。宵禁带来的沉寂常常遭到这种嘲讽。

传说叛军成功地夺取了主干道末端的机枪工厂，还清空了一座又一座军械库。军事反抗正在加剧的猜测也日益成为事实。

接下来的某一刻，在我们这条街通向河另一边的路上，可以听到两辆军用小卡车驶来的响亮轰鸣声。紧跟着就是一阵随车辆逐渐靠近的扫射。是军队在进攻，还是撤退，还是叛军？由于无法确定，整条街一眨眼就空了，人们过了一会儿才又小心地出来，此时射击散发出的硫黄味已经随风而散。

直到所有人都受到惊吓后，我们这群孩子才获准积极参与到革命当中。我们终于梦想成真，被赋予了一项重要的任务。每天我们都扮演佐罗、切·格瓦拉、超人、野鹅敢死队[1]，现在我们可以把角色扮演变成现实了。大人终于向跃跃欲试的我们屈服了，他们承认我们拥有一种不可或缺的能力：城市游击战。

我们肩负起保卫共同利益的终极使命，这项最实际、最天才的行动就是阻止敌人在黑暗中前进，只有这样，接下来设立防御工事和安全措施的工作才能继续进行：我们带着弹弓，应征参加到一线的武装斗争中。

首要任务是打碎沿街路灯的灯泡。我们只在最关键的部位留了几盏灯，并且在电线杆上画了叉做记号。

历时几分钟的任务完成后，我们并没有因为赢得了这场正义对抗邪恶的斗争而受到嘉奖，反而招致一连串辱骂：遭遇紧急干预时，我们打碎了几扇玻璃窗，尤其是那些不支持制度改革的人家的窗子。

革命取得胜利后，我们的街道并没有陷入内战，此时本该立即拆掉那些战壕，但不安仍在持续，以至于战壕一

[1] 1978年英国同名动作片的主角。

直留在那儿过完了冬天和整个春天。那里成了我们这群孩子的会合处，大家一直到深夜都围在白铁皮罐里闪烁燃烧的篝火旁。我们背着父母抽第一根烟，讲述一个个革命者、烈士的英雄事迹，终于能够在一起自由地展示我们的思想。

然而随着时间的推移，大一些的兄长们对那些绝大多数无从核实的事件进行着越来越激烈的政治争论，甚至开始动手，或者互相绝交。曾经带来胜利的统一战线开始出现最初的裂痕：针对将要走上的道路，针对纪念无数烈士牺牲的最佳方式，而这无关他们的政治倾向；到最后，人们也开始争论，是不是应该把“烈士”这个称呼授予所有那些为了我们能继续生存而献出生命的人。总而言之，曾经把所有人团结在同一面旗帜下的共同目标，已经像那晚准备的莫洛托夫燃烧瓶里的汽油一样烟消云散，只留下布满肥皂碎屑的被单，不均匀地凝结在一起，就好像人们对怎样重建这个国家的各种想法。

街两头的住户也受够了我们持续到半夜的吵闹声，于是，他们推着手推车把沙砾碎石填回河里，抹去了那些极其重要的夜晚留下的每一丝痕迹。

随着夏日来临，我终于做成了第一个莫洛托夫鸡尾酒燃烧瓶。我偷来一个弃置不用的瓶子，里边装了半瓶汽油，这是我爸用来清洗汽车汽化器的。下午两点左右，街上连猫都不许叫、麻雀都不许拍翅膀的时间段，我和扎尔还有其他小伙伴一起顺着河边那条开挖路基的街道往前走。我在沟渠边上停下，离我们五六米远的地方，有一段连根拔起的树干横在河里，那个时节流淌着的河水尚浅。伙伴们围着我站成半月形，扎尔则站在我旁边，以便给我递火柴。我模拟了几次投掷的动作，像仿生人似的。接着我慢慢把瓶子倒转过来，让那块伸出来充当导火索的布浸到汽油。我紧盯着树干，不想把目光从目标物上移开，告诉扎尔点火柴。

火焰像闪电一般燃起，甚至都能感觉到热量在烧灼皮肤。我猛地抬起握着瓶子的手臂，把它举过头顶，脑海中突然闪过一种悲剧且不幸的念头：它会在我手里爆炸。

围绕在我身边的伙伴们爆发出欢呼声，这让我的胳膊像上了发条一般，于是我用全身的力气把燃烧瓶向目标投出。瓶子在空中翻了几个跟头，但因为投出的力气太大，它击中了对面河岸上高出几米的地方，砸在石壁上，接着在下落的过程中才落到树干上。但它并没有像预期的那样炸开，而是在干枯的树枝和泥浆里减速，就像失去了生命一样。燃烧瓶在飞向目标的弧线中散落雨点般的火焰，耗尽了能量，而导火索一点动静都没有。

接下来的事也印证了这场难以置信的失败，一连串重击落在我的头上和背上。我转过身试图自卫，发现扎尔也受到了同样的对待。

我那个燃烧瓶只装满一半，塞在里面的布条并没有触到瓶底，在我把它举过头顶准备投掷的时候就弄掉了瓶塞。燃烧的导火索直接落在了扎尔头上，几点火星也落到我身上。

这样一来，伙伴们就得给我俩灭火，他们往我们头上和衣服上倒土，尽管从某种程度上讲，这种行为更多是出于坏心眼而不是为了救我们，因为那点火焰早就熄灭了。好在我和扎尔都没有什么严重的烧伤，只是两人的头发变得一塌糊涂，而且我的衬衫像筛子一样布满了小孔，右肩也被烧红了，好像被一棵结满果实的樱桃树砸中了一样。

我没时间痛苦也没时间自我怜悯，这也是个尊严问题，因为我已经在大家面前失败了一次，不知道会为此被嘲笑多久。不过在父母看见我和扎尔一团糟的样子之前，确实得弥补着火对我俩头发造成的破坏。

“别担心！我去拿剪刀然后把我俩都整理好。你瞧吧，谁也不会发现的。”我对扎尔说，然后光着上身跑回家，照刚才说的取了剪刀，在肩上抹了点润肤膏，然后穿了件没烧出洞的短袖衫。

“你给别人剪过头发吗？”小个子侯赛因问我。

“我才不像你，我可不是拉什特[1]人……而且稍微修一

[1] 伊朗里海沿岸地区最大的城市，下文的理发师阿巴斯老爷即来自于此。

下又不费什么劲。”

麦赫兰插嘴说道：“瞧着吧，这可不容易。”他就是要让我泄气。

“阿巴斯老爷每次给我剪头发的时候，我都会仔细观察。让我剪！扎尔，你坐在这儿！”我像一个职业理发师一样，快速地在空中做了几下剪的动作。

“你们要是愿意的话就让我来剪吧！”小个子侯赛因主动要求道。

“就你？快去喝你的奶吧！”

我把烧坏的衬衫围在扎尔的肩上，像围斗篷一样把衬衫塞进他的领口里。我剪掉了他右半边脑袋上所有烧焦的头发，然后从左右两边各捏了一撮头发夹在指尖，来看没受损的那半边应该剪短多少。

“好了吗？”扎尔不耐烦地问。

“再忍一小会儿！现在你就像个瘪了一半的屁股。”

我把另一边也剪短了一些，但好像有点短过头了，于是我又回到被火烧过的那半边，如此往复。可是不管剪多少，我就是没能让两边一般长。

我试过以后，麦赫兰也试了试，但扎尔已经坐得烦了，就把位子让给了我，自己站起来活动活动腿脚。我俩轮换了几次，给我们剪过头发的有麦赫兰，有毕扬，还有其他人，连小个子侯赛因也动手了。

到了傍晚，我和扎尔在一辆汽车的后视镜里照了照自己，只得向小伙伴们募捐，然后拿着钱去了拉什特人阿巴斯老爷那儿理发。

“谁给你们剪成这样的，瞎子干的吗？”我们一跨进拥挤的理发店，阿巴斯老爷就被逗笑了。

晚饭时分回到家里，我们告诉爸妈说，我俩都决定按照大人一直要求的那样，把头发剪得短短的，甚至还超额完成任务，直接剃成了光头。我们说，这是用自己的零花钱剪的。爸爸妈妈奖励了我们这笔理发费，于是吃过晚饭以后，我们就拿着这钱还了欠小伙伴的债。

第一次制造燃烧瓶的尝试以失败告终，如果说这次行动是为了满足我扮演革命游击队员的需要，那么第二次则有一个更高尚的目标。这需要彻底投入其中，为了一切能够顺利进行。这一次我不是要制造投掷用的炸弹，而是需要一个妥善放置并安装完毕之后几分钟再爆炸的燃烧瓶。在革命前后那段时期收集到的各种手册、报纸和宣传页上，有教你当“恐怖分子”的指南，我知道了怎么做一条缓慢燃烧的引线。只要把十几根火柴和香烟的过滤嘴连起来就行。当燃烧的烟头烧到了火柴时，它们就会被点着，并且引燃浸在瓶子里的破布。接着就会爆炸了。

所有的手册里都特意叮嘱，火柴的硫黄和香烟一定要浸过汽油，否则引信就会在关键时刻熄灭。

要搞到香烟不必费太大劲，因为可以利用塔季太太。她住在街道中段一座两层小楼里，她自己住一层，儿子和儿媳住楼上。她没有孙子孙女，那些多嘴多舌的人也弄不清该怪她儿子还是儿媳。每天下午快到五点时，塔季太太都会从家门口探出头来，花白的头发裹在黑色方巾里。她总会叫住碰到的第一个孩子，或者叫住一个她记得名字的孩子，给他两枚硬币，叫他去大道口的食品店里买两支散装烟，而且必须买烟盒侧面写着四行字的温斯顿牌香烟。这种和烟盒侧面只有三行字的温斯顿烟不一样，在革命时期就已经买不到了。

塔季太太只抽这种烟，而且必须要新鲜的，必须从专门为她拆开的一包烟里取出来。我是她最喜欢的勤杂工之一，而且每次打破最短时间的纪录都能拿到小费，因为我不用气喘吁吁地跑，要么骑自行车要么就踩滑板，然后到广场上找流动商贩，这些商贩还得乐意向骄纵的塔季太太低头，专门为她开一包烟。革命结束以后，美国货因为禁运而变得稀缺，塔季太太开始陷入尼古丁抑郁中：其他牌子的烟都比不了这个，不管是国产烟还是进口烟，都满足不了她对烟盒侧面写着四行字的温斯顿牌香烟的依赖。到她终于不再那么讨厌有三行字的温斯顿烟的时候，就连这种也很难买到了。

我的好运在于发现了一个赛鸽选手，他为了要回被我捕获的一只雄鸽，给了我一条温斯顿烟作为交换，正是烟盒侧面写着四行字的那种。我征得爸妈同意，把烟放在我家冰箱里，每天给塔季太太供应两支，当然，跟她要的还是黑市价格。这样一来，为了确保燃烧瓶引信能按我的要求点燃，我不得不牺牲存货里的几支香烟了。

由于没办法在不引起爸妈注意的情况下拿家里的肥皂擦成末，我就选了洗发香波。既然固体的肥皂能用，而且我还得把它弄碎、灌进瓶子里、浸到汽油，那么洗发香波显然也行，至少我这么觉得。它是液体，应该更管用才对。还有，洗发香波的价格高于肥皂，这也印证了我的论断。

准备好鸡尾酒燃烧瓶以后，我就到阳台上想藏好它，免得被人发现。我把燃烧瓶放在一个鸽子笼的后边，正在检查别人是否会看见它时，夏末灼人的太阳突然从天空正中被遮住了，一个庞大的影子罩在我身上，吓得我跳起来尖叫一声。

“你在干吗？”

“你能不能别吓我了，狗娘养的！”

“小点儿声！小心我爸妈听见。”

“你今天怎么回事？想吓死我吗？”

“我到你那边去。”

“跳上来。”我的心跳渐渐回到了身体里。

“今天早晨你抓到鸽子了吗？”扎尔问我。

“怎么可能！你没看见一大半都还在笼子里吗？”

“你现在放它们出来？”

“帮我放出来这几只。”

“你看见能逮的鸽子没？”

“昨天看见一只。那只鸽子和我的鸽子飞了几圈，”我用食指朝天上画了几个圈，“然后在其他鸽子落下来的时候，那只鸽子就像信鸽一样一直向上飞。”

“那你打算怎么办？”扎尔边察看天空边问我。

“我就让鸽子活动活动翅膀。它们都变懒了。整整一个夏天我这些鸽子都没放出来飞过。”

我的第一对鸽子是叔叔送的礼物。这对鸽子还很小，刚刚离巢就被叔叔带给了我，那是让它们永远爱上我家阳台的最好时机，不过那时，小鸽子已经开始乱飞了，它们飞回我叔叔家的风险是存在的。人们通常认为，拒绝别人送的礼物是很没礼貌的，但我爸妈都不这么想，尤其考虑到送礼物的人是我叔叔，一个赛鸽人，而收到礼物的是他最喜欢的侄子，正盼着得到一对鸽子。我孜孜不倦地坚持，一直没放弃。我的恳求和眼泪都能说服刽子手停止杀人了。为了不让叔叔把鸽子带回家，我不得不搭上自己的自由，许下一连串诺言，首先就是学习成绩，由于第一学期的成绩单上有些许不足，我已经被剥夺了一些自由。另外我还许诺将以一己之力承担起责任，包括每周清理一次鸽笼，至少两周清理和打扫一次阳台。

十几天以后，就在我像对待自己孩子一样无微不至地照料这对鸽子时，灾难降临了：第二学期的成绩单到了。我试图把成绩单藏起来并伪造父母签名的行为把灾难变成了悲剧。他们很快就发现了，这全怪街上那些书呆子的父母都长了一张大嘴巴。

他们迅速做出反应：第二天，我一去学校，这第一对鸽子就回了叔叔家，它们不是飞回去的，而是坐汽车回去的。

但是到了春天，就像有什么能让梦想成真的魔法一样，要么就是主终于回应了我的祈祷，一只毫无价值的雄性野鸽和一只混血的雌鸽在阳台上的空隙里搭了窝，这两只鸽子分别是白色和棕色的。这样一来爸爸妈妈就不能说什么或者做什么来把它们赶出去了，因为它们是我们的客人，到我们家栖身，谁都知道客人是主的朋友，赶走客人会在长达数年的时间里带来难以想象的不幸。

我每天都把这两只鸽子放在眼皮底下，当它们都飞出去的时候，我踩着梯子去看它们的窝搭到什么程度了，直到有一天我注意到它们轮流留在巢中，意识到它们一定是生蛋了，正在孵小鸽子。那个时候我就给叔叔打了电话，他悄悄地开车穿过整个城市，给我带来两枚他养的赛鸽生的蛋，换掉了那些野鸽蛋，最后野鸽蛋被煎来吃了。

不到二十天的时间里，我家房顶上就发生了奇迹：一对毫无用处的野鸽生下了两只粉红色的、光秃秃的雏鸽，它们很快就长出洁白的羽毛。雏鸽刚刚断奶，我就把它们转移到了一个更舒服的窝里。

我第一次真正让这两只鸽子试飞，是在一周又一周的训练完成以后，那真是难以描述的激动。这是我的鸽子，全世界没人能把它们从我身边带走，因为不管被人带到哪儿，它们一定会飞回来的。

就从那对被野鸽悉心养大的小鸽子开始，我逐渐拥有了一支由八十三只鸽子组成的大部队，这是我们街区数量最多的鸽群之一，也是整个德黑兰东侧最引人瞩目的鸽群之一，不过这离纪录保持者还差得很远：他有六百多只鸽子，鸽群起飞的时候能遮蔽天空。

我的第一对鸽子繁殖速度虽然挺惊人，但后来的鸽子并不全是它们一夫一妻的成果。其中有一些是我在比赛中俘获的；一些则是背着父母偷偷买的，还让他们以为是赢回来的；还有一些是叔叔悄悄送给我的。所有外来的鸽子一到我这儿就受到同样的待遇，以便让它们从此适应我家：我用牙一根一根扯掉它们翅膀中央的长羽毛，免得它们在还没有彻底长成的时候就飞出去。与此同时，我每天都把它们放到空中，让它们绕着房子歪歪斜斜地飞几小圈，以便记住鸽巢的位置。

总而言之，一周又一周的训练是为了让它们那拔了毛的翅膀拍打几下，也是为了让新来的鸽子和那些已经安顿下来的结成对，形成两种鸽子独有的忠诚：对家，对爱情。

我在黎明前醒来，用冰冷的水沐浴，用快节奏的赞美诗低声祈祷，每个乐章都像是有魔鬼紧跟着，然后结束了祈祷。

在清晨时分观察德黑兰的屋顶，仿佛是一件披风放在了椅子上，美丽极了。太阳从小山丘后面懒洋洋地升起，将天穹染上了色彩，阳光已经反射在那积雪终年不化的达玛万德峰顶上。

我取下挂锁，打开已经占满阳台两侧的鸽笼，看着我那群颜色各异的鸽子一对对从窝里出来向我致意。我换了石盆里的水，让它们喝个够。它们围着我拍打着翅膀，离地不足一厘米，等着我喂食。

看见鸽子们都醒了以后，我就把一头挂着红旗的长杆拿在手里挥舞，它们已经懂得这是喂食干面包和小麦种子的信号，这些鸽食花去了我每周全部的零用钱，甚至还要更多，它们得把空中落单的、迷路的鸽子或者对手的鸽子带回来才能赚回鸽食。我已经迫不及待地想要用双手握住对手的鸽子，这是珍贵的交易品，可以换回饲料或者现金。

鸽子起飞时拍打翅膀的声音有一种魔力。它们挣脱重力束缚的时候，一种催眠般的声音充溢在空气中。这是一种逐渐远去的嗖嗖声，同时也能把你带到远方，让你也变成湛蓝天空中一个小小的点。你也能飞过自家房子，飞到街区上空，飞过渐渐充满生机的城市。你在高空和鸽群编队飞翔，围绕同一个中心，沿着越来越大的圆圈盘旋。当你停止挥舞长杆上的旗帜时，你就开始滑翔，此时你几乎隐形了，像一个在云层下方移动的星群，在云层中穿行又飞越了云层，你感觉到自己像新鲜的空气和冰凉的水一样轻盈。

你仍站在地上，但手搭在额前仔细审视天空。你在空中，在一切人和一切事物之上，在舞蹈中跳跃：一次，两次，三次，四次，然后又一次在天和地、地和天之间变换，将重心转移到左边、右边，双翅伸展开来，享受在看不见的冰面滑行的乐趣。你任由自己被旋涡吸住，然后又用自己触碰不到的力量挣脱，你变成了一个球，仿佛被旋涡捕获一般，摇晃着向虚空投降。旋涡更快地把你拽向中心，你感到自己越来越醒目，越来越沉重，于是重新张开了翅膀。

你伸手在阳台上撒开了种子，嗖嗖声变强了、靠近了，它服从你的指挥。长长的羽毛开始喝彩，在触地前一起喝彩，向你的表演致谢。这是开始时那种充满魔力的声音的延续，但现在以相反的方式发出，这是带有倒计时的催眠状态结束后喧闹的复苏。噪音越来越重，然后在丛生的羽毛和饥饿的喙中平息。你有足够的时间来骄傲地点头致意，翅膀仍在风中伸展，你现在牢牢地踩在地面。它们还没吃早饭，而你还有一只鸽子没逮住：它值一周甚至两周的饲料，还有逮回又一只鸽子的自豪。

也许正是由于你有这种感觉，鸽子游戏才像赌博一样不受人们欢迎。

他们诋毁说，赛鸽的人总仰头看着天空，说得就好像白天观察天空是件有罪或者违法的事一样。有好几次，我被街上的孩子还有他们的父母当面喊作赛鸽的人，仿佛这是句侮辱。我却很自豪，因为我非常确信他们只是嫉妒。社区里有很多男孩和他们的爸爸在房顶上装了鸽笼，养几只鸽子，还有些女孩子和她们的妈妈也玩赛鸽，不过要想成为真正的赛鸽者，光有几对鸽子可不够。

我叔叔教给了我所有的技巧，因为他是一个真正的赛鸽选手。尽管可以换更好的住处，但他在同一个社区、同一所房子里生活了二十年。后来我婶婶开始抱怨房子太小，不够越来越壮大的一家人住，叔叔为了不失去他的鸽子，买下了旁边的房子。

“我能挥挥旗子吗？”扎尔用恳求的语气问我。

“好，荣耀归你！”

我们让鸽子飞了一会儿，但太阳高照，已经没法用自己的眼睛观察鸽子了。

“刚才你在你爸爸的棚屋里做什么？”

我用怀疑的目光看着他。如果他敢透露关于棚屋的一个字，我这辈子都不会安宁了。“关你什么事？”

“没什么。我好像听到你在那里边忙活。”

“你听错了。”

“你又在做燃烧瓶吗？”

我的腿开始颤抖，就像折断的小树枝仍挂在树上似的，我的喉咙也在发干，仿佛吞了一堆生石灰。

“你在想什么？自从去年夏天的事儿以后我就放弃了。”我把手插进他的头发里，把他的头发弄乱。

“我同意。再来一次可一点儿都不好笑。”

“对呀，我把你的头弄成了一坨屎。从后面看，你就像西塔[1]。”

他没有反驳，而是用他那种滑稽的方式，爆发出一阵大笑，我一直觉得非常好玩。他的整个身体都在笑。你可以明白无误地感觉到，他的每一根骨头，每一块肌肉，每一个细胞都充满了喜悦。当这种笑容爆发的时候，他就是快乐的传播者。

接着他把一只胳膊环绕到我的肩膀上，另一只放在眼

[1] 墨西哥男演员。

前遮挡阳光，来观察在空中飞翔的鸽子。

“不过，当你把我的头发烧掉时，我真想杀了你……”

“我可没有强迫你，你也带了火柴。”

“你是说那要怪我的火柴？”他眯起了眼睛。

“现在我确实这么想……”

他用胳膊勒紧了我的脖子。“在你打断我以前，确实可以说，要不是这么喜欢你，我真的会把你杀掉。”

我边笑边把他从身边推开。“想干吗，你个死基佬？”

“我喜欢你是因为我知道你太多的秘密了。”

“你说吧，究竟怎么才能让你永远别再提这事儿，别再管我和你妹妹！你不能每天都责怪我。我还得做什么？想让我送你一对鸽子吗？你想要哪些就拿去吧！”

“我爸爸要是让我养就好了。”

“我帮你养着。”

“这样一来就永远是你的了。”

“那现在我应该拿什么当抵押才能让你闭嘴？”

“你告诉我之前在你爸的小棚屋里干吗就行了。”

“我爸忘了上锁，我在锁门。”

“你是想从里面反锁吗？”

“我上锁以前看了一眼，想看看今年冬天的煤油够不够用。”

“那你怎么一身汽油味儿？”

"我摇错了桶，身上溅了几滴。现在还有味儿吗？"我抬起胳膊，把汗臭味儿的腋窝凑到他鼻子底下。

"别闹，你想给谁喝汽油？你身上的汽油味儿这么大，一公里以外就能闻到。"

"真的吗？"

"大流士！大流士！你在哪儿？"妈妈的声音救了我。"过来帮我拿买的东西。我还给你买了学校用的笔记本。"

"哔！哔！哔！哔！"我朝越飞越近的鸽群喊道，朝地上扔了一把南瓜子。"我在阳台上，我让鸽子回来，然后就去帮你。"

"你要是不想让我一只一只拧断它们的脖子，就给我马上下来！"我那宽宏大量的母亲吼道。

"你继续！等鸽子都进去了，你就走。"我把装饲料的袋子扔给了扎尔。

"正在关键时刻……"

"听着，要是你想告诉你爸妈或者我爸妈，要是你想让全世界都知道，你就说吧！现在我也无所谓了。我会告诉所有人是你组织了那种活动。我会跟人说，你让我当拉皮条的，给你妹妹拉客。"我朝他抛出了一侧嘴角上扬的坏笑。

他朝前伸出胳膊，做出套索的手势。"我现在又想杀了你。"

"可你是如此地喜欢我……来，记住！只有我有杀人许可。”我把大拇指捏得咔咔响，假装用食指朝他射击，然后吹走了指甲尖的烟。我脱下了一股汽油味儿的衬衫，跨过阳台的门走回家。“记得快点儿把帘子掀起来！”我一边对扎尔说，一边防止我妈妈听到。

“午饭后见？”他低声说。

“太热了。我要看个电影。”

“我能来吗？”

“只要你把那谁带来……”我朝他家点了点头。

“滚，你个白痴。”

“乐意效劳……妈妈！”我朝楼梯跑去。

除了塔季太太家，我们这条街每一户人家都至少有三个孩子，甚至有人家有八个孩子；我的邻居雅斯敏就有七个哥哥，其中一些年纪很大，大到我甚至都不认识他们，也许他们从来没有在这个街区生活过。我和街上绝大多数房子年龄相当，还有其他一些人也一样。大部分家庭，都至少有一个我这么大的孩子。整整一代人都出生在这里，就在这些房子打地基的时候，或者在这之后不久。正因为这样，这个地区的学校人满为患。不过，课间休息时甚至都没办法到处跑造成的不愉快，转而变成了发现同班同学也能在家门口一起玩的快乐。

年龄更大的那些人都不能自称出生在这个街区，不过我们这些土生土长的人也没办法阻止他们这么说。年龄形成的等级总是受到尊重。无论如何，一旦超过二十岁，几乎所有的男人都服过兵役，也有了儿子，大部分都和附近的同龄女人结了婚，而且几乎总是住在别处，因为照那些大人说的，远离同一个街区的朋友能让他们头脑清醒。

街坊邻居都在彼此议论，谴责别人，赦免罪过，互相恭维，而我们这些孩子理论上什么都不该知道，但每当两位母亲凑到一起，不管她们是用波斯语、土耳其语、库尔德语还是用伊朗使用的任何一种语言交谈，她们的舌头在传播流言飞语时总是比肥皂还滑溜。她们聊各种纠纷，也聊各种扫兴之事，其中一些的后果不可谓不严重。比如说法里波兹的姐姐出的事，她从三楼跳下，因为她的父母发现，人们每天都看到她在上学放学的路上和某个人同行。他们不再让她上学，还想让她和一个亲戚结婚，这是个特意搬来和他们一起住的乡下人。法里波兹的姐姐跳楼时发出难以描述的一声巨响，这声音和任何东西跌落在人行道上都不一样。人们把躺在血泊中的她送到医院。大家都说，刚抬到担架上的时候她还有一口气，然而回来的时候已经变成了一具无可救药的木乃伊。

此外，一直到革命刚结束那会儿，人们都在肆无忌惮地嘲笑苏珊。她在黑罩袍下穿着迷你裙，而且只是在转过街角的时候才套上黑罩袍盖住她裸露的大腿。这时候，她同龄人的母亲们特别想把她从窗户扔出去。当她跨出家门时，我们争先恐后地跑到大巴停靠的附近，看着她把黑罩袍放进手提包里，她的大腿闪耀着大理石的光泽。

我们这些男孩子根据年龄分成几组，沿街占据不同的地点，就像市政府把这片领土指派给了我们一样。随着时间的流逝，每群人都会占据更有利的位置，一直到街的两头。再往后，这些人就被生活吞没了。

在革命前，街上除了我们还有女孩子，虽然只有某个年龄段以前的才会出现。然后就好像吹过一阵风，把她们一个接一个吹散了，恰恰就在我们意识到自己喜欢她们的时刻，她们全都消失不见了。她们待在这家或那家的院子里，不再允许我们参加她们的游戏。这样一来，如果你没有一个年龄相当的姐妹能把你带到她们家，你就会彻底与她们的世界隔绝。

而我为了弥补这个缺陷，总是和妈妈一起去邻居家做客，这些邻居家总有年龄相当的姑娘，每次我一到那儿就想尽办法逗她们开心。不过我梦中的女孩始终只有索赫拉一个人，她是扎尔的妹妹。她比扎尔略小一点，直到几年前，还是个令人难以忍受的跟屁虫，但是突然有一天，她就变成了一朵含苞待放的花，在我的幻想中占据了特殊的位置。为了赢得她的心我煞费苦心，有时独自出现在阳台，为了给她一个惊喜，同时把她吓个半死，有时又从我们的花园里找一朵最美的玫瑰送给她，我还在包玫瑰的纸上抄了一首哈菲兹[1]的情诗。

到了春天，扎尔发现我们两个像娴熟的演员一样接吻。他对我一顿拳打脚踢，我没有反抗，然后，他和我断交了。偏偏是他来当这个道德楷模，由于突然之间长出了胡子，他的男子气概能和任何人相媲美，不仅如此，他还来我们家，偷看隔壁穿着三角裤的雅斯敏在院子里晾衣服。作为报答，他从没有出卖我，既没有对他的父母提过一个字也没有告诉我的父母，使我和索赫拉没有因为突然加速的心跳而受到不知道什么样的处罚。至少我在每次与她目光相遇的时候，都会感受到这种心跳。实际上，现在只要我想到那些偷来的吻，就像要爆炸一样。

接下来我捕获了一对漂亮的鸽子，它们本来是属于鸡贩萨比尔的，我们这么叫他是因为他爸爸的职业。这对鸽子每天都来我们家偷吃，然后又回到他们家的巢里，我一直没能抓住。只要我一靠近或者天要黑的时候，它们就逃跑了，真是胆小鬼。为了逮住它们，我不得不让我的鸽子在笼子里待了几天，然后借助一种原始的陷阱：一个泥瓦匠用的大筛子，还有一根木棍，用来像支起棚子那样支撑筛子，还有一根长长的线用来拉走木棍，捕获被一路撒下

[1] 波斯著名抒情诗人。

的饲料吸引过来的鸽子。

我一松开圈套就发出满意的喊声，声音大得使扎尔的脑袋立刻从阳台墙的那头冒出来，看我的动静，虽然他已经不理我了，而且和街上其他人玩的时候他也不让我和他在一组。这是我英雄壮举留下的唯一证据。

第二天我把鸽子带到我叔叔那里，他以惊人的价格替我卖掉了鸽子：这对鸽子品种非常好，而且拥有无可比拟的美丽外形。我本来想养着它们，让它们繁殖后代，但我叔叔从一开始就让我对冷酷无情的赛鸽人提高警惕。那些出于报复去刺鸽子，或者在晚上把鸽笼清空的人可以列出一张长长的名单。

当鸡贩来我家敲门，找他的鸽子的时候，我半真半假地发誓什么都不知道。他几乎是眼泪汪汪地告诉我，这两只鸽子刚刚生了小鸽子，如果不快点还给他，两只小鸽子就会饿死。但在那种情况下，我虽然为两只可怜的小鸽子感到难过，还给他却是不可能的。

十几天以后，扎尔虽然还在继续跟我闹别扭，也不和我说话，但他还是大声喊我到阳台上找他：他要把我最初养的那一对鸽子中雌鸽的尸体还给我，就是被野鸽精心养大的那一只。他看见鸡贩的气枪枪口在他家窗口闪了一下，鸡贩就住在我们两家背后。而且扎尔还听到，一声枪响过后紧跟着又响了第二声。

我去看那只可怜的鸽子时，发现那个浑蛋先在鸽子的胸口打了一枪，本来鸽子还有可能逃过一劫，但他紧跟着又在脖子上打了一枪。

我自己也能分析出谁是凶手：在整个街区只有两支气枪，一支是鸡贩的，另一支是我的。看到我像无依无靠的孤儿一样绝望地大哭，扎尔对天发誓没有对鸡贩透露过关于鸽子的一个字。他跟我一样难过，因为养这两只鸽子时他一直在帮忙，也把它们看成他自己的。

我相信扎尔，因为我们两个是一起长大的，而且他是一个非常特殊的孩子。他就像一首诗，像一首非常优美的四行诗，只是缺了最后一句。自从我认识他，他就一直是这样。我觉得他是个天才，但也是一个白痴。其他人不知道他什么时候是天才什么时候是白痴，但我知道。

上小学的时候他比我高一年级，但在初中的第一年，他留级了，老师们全都不明白。这样一来，我们除了是邻居，还成了同桌。我们开始不停地凑到一起，假装是一起学习。初中三年级考试时，考数学那场他坐在我背后。监考老师是一位来自国外的老师，带着很重的土耳其口音，就和扎尔的父母一样。这个老师每说一句话，全班同学都拼命忍住笑，最后这声音变成了难以忍受的背景音乐。老师不断威胁大家不要再笑了，可笑声不但没有停止，反而变得更大了。就在这个时候扎尔用很正常的声音问了我一句话，他的声音既不太大，不会让老师听到，但又没有低到让人察觉不到，他问我有没有听过一个关于土耳其人的笑话，这个人到处炫耀他教会了自家的绵羊说“贝多芬”这个单词的第一个音节[1]。我爆发出一阵大笑，然后转头告诉扎尔保持安静，要不然会惹来麻烦。但就在这个时候，我的左脸颊感到一阵剧烈的疼痛，就是网球运动员全力挥拍时最喜欢的那种动作打来的。直到那个没法获得学生尊敬的土耳其蠢驴老师揪着领子把我拽起来开始扇我耳光的时候，我才意识到发生了什么，我被打得就像底朝天的果汁瓶子一样。他的吼声震耳欲聋，但耳光更加厉害。他想把我拖出教室，拖到外边去打，但我像扁虱挂在狗身上一样死死地抓住了桌子，然后我看见自己的一生在眼前掠过，一直到我爸爸拿着我的成绩单想要宰了我的情景。最后，在我的恳求下，老师一脚把我踹回座位，让我重新坐下。我第一个交了考卷，然后跑进厕所等着学校里的人走光，直到学校的勤杂工来赶我走。我的裤子上有个很小但能看见的洞，衬衫的长度不足以盖住它，我没有书包，甚至都没拿几本书或者笔记本来遮挡。我从一本没人要的数学书上扯下一页纸，朝家里飞奔而去。到家的时候我发现扎尔在门口等我，他朝我跑过来，给了我一个拥抱，然后在我耳边悄悄说：“谢谢！要不

[1] be，发音类似羊叫。

是你给我传过来答案……我爸肯定会杀了我的。”

接着他就跑回了家，我站在人行道上目送他远去，想着怎么收回之前的那些骂人话，以便骂得更狠些。

“你怎么没带索赫拉来？”扎尔一进我家门我就问他。

“闭嘴！你要再不闭嘴我就全都告诉你爸。”

“现在正是好时机，我爸可以替我向索赫拉求婚。”

“她是我妹妹！留神你说的话。”

“别跟我充道德模范！你宁愿外人和她在一起也不愿意是我吗？”

“闭嘴，你个白痴！”

“你有资格说我吗！”

“我们看什么电影？”

“我们在电影院看过的一部片子。”

“印度片？”

“不是。”

“我们看过那么多，我怎么猜得到。”

“我们和穆罕默德、霍马因还有法沙德一起逃学看的，而且连看了两次。”

“《天鹅绒之手》！”[1]

---

[1] 一部1979年的意大利影片。

“对喽！”

“你去拿棋！”

“又是这样。”我拿来了准备好的棋。“拿着！”

“轮到你了。走卒吧！”

“不，我开局先走马。”

“这一步太差劲了。中心位置归我了。现在我们看电影吧。”

扎尔的父母并不知道也不会知道，我叔叔在我们家偷偷藏着他所有的录像带。革命开始前，叔叔就成功地开始了他的录像带租赁业务，但是革命过后，他不得不匆忙关闭了商店，以免录像带被没收。现在，他不再做录像带生意，而是开了一家家用电器商店，没人明白我叔叔为什么每天都穿越整个城市来我们家。他确实很爱我们，但让他首要关注的并不是亲戚之爱，而是为了满足一个个客户的订单，这些客户叔叔都知根知底，他们想要租赁的录像带都在被禁之列，实际上，几乎所有电影都是被禁的。

为了避免欺骗父母，下棋总是战无不胜的扎尔每次都要在棋盘上走几步棋，这样一来，在父母问起他干了什么的时候，他就不会良心不安。

看完电影以后，我们得出结论，是那些偶然的发现成就了伟大的发明家，我们还让图像静止，详细地讨论了女主角令人赞叹的曲线。

直到革命发生以前，人们还能在电影院里看到激情热吻的场景，或者两个主角在不戴面纱的情况下抱在一起，身边总有成年人轮流用手捂住我们的眼睛，让我们什么都看不到，不得不靠想象力来猜测。和成年人谈论性总是一个禁忌，仿佛这是一种亵渎。因此，我们这些孩子中间，这方面的故事传得都快和科幻一样了。每个人都只有一个模糊的概念，然后在这个基础上大肆渲染。有人发誓说悄悄看到了究竟是怎么回事，有人不容置疑地说他早就和表妹做过了，每讲一次都会添上一些惊人的细节。当然还没人能解开关于怀孕或者分娩的谜团。而我就非常幸运，因为和叔叔关系好，他已经给我解释了一切。

看完电影后，我们骑着自行车在街上四处闲逛，一直到晚饭时间，这样一来，我就在不引起任何人注意的情况下，确认了鸡贩萨比尔的爸爸已经回到家，而且像每天晚上一样把他的货车停在了家门口。

晚饭过后我从头到脚穿上黑色的衣服，告诉爸妈我要下楼和朋友们玩捉迷藏，然后到阳台拿上我的燃烧瓶，把燃烧瓶藏在路口的阴沟里。我想尽办法试图甩开扎尔，却没有成功。直到最后一刻扎尔才不再纠缠，朝着和我相反的方向跑了，这样一来，我终于能独自行动，拿回我的炸弹，就像一道闪电一样，朝着我们家后面的街道跑去。路上的灯随时有可能让我暴露，我必须非常小心，并在尽可能短的时间内完成我的事情。

我的心提到了嗓子眼儿，用已经僵硬的手点燃了香烟导火索，一切都照着计划进行。火焰很可能马上就会吸引窗子背后那些目光。我沿着停放在路边的汽车一路滑行，就像一个忍者，直到到达萨比尔他爸爸的货车前。我通过鸡粪散发出的恶臭辨认出了这辆车。虽然我已经习惯了一年到头收拾鸽粪，到春天再挨家挨户卖给人们当肥料，但闻到这个味道依然忍不住作呕。我滚到货车下边，虽然心跳得像敲鼓一样，但还是按照操作规程，把瓶子倒过来，打算让里边的破布蘸到汽油。

“手别碰到那里边的液体！”

突然之间就好像货车的四个轮胎同时爆炸，整辆车的重量都压到了我身上一样，我的头重重地撞在了货厢上，差点就得送医院缝针了，我受到的惊吓几乎和疼痛一样剧烈。

“撞得真狠。没事吧？快点，把那瓶子给我！”那个声音低声说。

我下意识地伸出手，把燃烧瓶递给了扎尔，虽说那一刻我只想揍他一顿。

我吃力地爬出车底，爬到人行道上坐下，揉着自己的头。扎尔站在那儿，从我手里拿走香烟，从过滤嘴里取出火柴，吸了一口烟，还咳嗽了几声，然后把烟扔到地上踩灭了。

他开始摇晃瓶子，想让洗发香波和汽油充分混合。

“你看，它们就是溶不到一块儿。”

他半跪在地上，转向比较亮的一片天空，让我看清楚瓶子，我似乎在瓶底看到了肥皂的碎块。

“是肥皂吗？”我傻乎乎地问，“你什么时候加进去的？”

“不是，这是糖。”他低声告诉我。

“糖？”

他把破布抽走，就像处理野兽的死尸一样扔到远处。他一边继续摇晃瓶子里的液体，一边对我说：“瞧我怎么让它变黄。”

然后他就把我一个人扔在那儿，转到了货车的背面。我从那边的金属声中判断他在对付车身。我起身去找他，一边还摸着疼痛不止的脑袋。他已经把油箱盖拿在手里，正在向里边撒含糖的尿。这东西能让任何引擎哑火。

我正要张嘴问他在干什么，他用手示意我别出声。然后他又盖好油箱盖，说：“史波克先生[1]，能量！”

他抓住我的手，仿佛我是个病人，接着我们悄悄地朝着自家的街道走回去。

“谁先被抓住谁就是驴。”他对我说，然后就溜到一辆

[1] 《星际旅行》中的角色之一。

车后藏了起来。

“一，二，三，大流士！我看见你了，出来！”扎尔的喊声穿透了夜幕。

第二天我没见到扎尔，他和父母出去购物了，以便为高中开学做好准备。我等了一上午，带着最悲观的想法，吞下每一丝复仇的甜蜜。我悄悄地骑着自行车从鸡贩家经过了好几次，他爸爸和他家的货车连影子都没有，这让我充满了希望。

消息是下午传来的。开始是不太确切的传闻，支离破碎的，并不可靠。人们说，听当时在场的人说，事情是突然发生的，出乎所有人预料，之前也完全没有预兆。下午快两点半的时候，在麦赫拉巴德家那边出了事。货车的引擎突然冒了烟，然后发出巨大的响声，周围邻居的窗户全被震得粉碎，就像三架米格战斗机轰炸了整个机场似的。

到日暮时分，消息已经得到权威人士的认可，确凿无疑了。整个街区都传遍了，整个德黑兰、整个伊朗都在用各民族不同的语言口耳相传：伊拉克军队入侵了我们的国家。

差不多到二

“请注意，请注意！你们听到的警报是有危险或者紧急情况的信号，意味着空袭即将来临。离开你们所在的地方，立即前往避难处！”

我总是把自己代入电影英雄的角色：他们为了让正义获胜而战斗时，往往没有什么可以利用的资源，处于不公平的较量中，到最后你会担心邪恶的一方获胜。我总是和他们一起忍受这一切。

每当电影中的英雄牺牲自己，去摧毁敌人、营救心爱之人，我都像是随之死去，接着，决定性的战役在最后一幕打响，在这流尽最后一滴血的战斗里，情绪是如此强烈，以至于甜蜜与苦涩的味道在我嘴里久久不散，数天之后才彻底消融。

我从来都容忍不了欺凌弱小的人和懦弱的反派。之前我在电视上看一场摔跤比赛，有两对选手陷入对殴，其中一对显然更强：只要看看他们的体型就知道这是场不公平的较量。接下来的某一刻，在裁判没有尽到义务去阻止他们的时候，两个打疯了的选手揪住对手中的一个，开始拼命揍他，最后我爸妈不得不关了电视，来制止我声嘶力竭地哭喊着说这不公平。假如我在那儿，假如我像那两个无耻之徒一样体格壮硕，我一定忍受不了这种不公，一定会一对一较量的。

我爸妈总说，我因为性格躁动不安而闯下的那些祸让他俩每人少活了至少十年。实际上，为此付出代价的总是我自己，就像有一次我看到一条流浪狗几乎被绳子勒死，为了弄断绳子，我几乎被那条蠢狗撕碎了。虽然被咬了，但我还是把它从死亡线上拉了回来，不过第二天市政管理人员就把它打死了。

我总觉得自己是个特殊的孩子，受到主的保佑，注定要做出一些伟大的功绩，让我的名字和榜样流传于后世，就像我奉为模范的那些勇者一样。我并没有收到过主的任何示意来确认这一点，但这类信号数不胜数，而且这些年来他不断地出手，在恶魔企图害我的时候救我性命，所以我非常确信，我一定有和其他人不一样的命运。我是说，比起先知、摩西、耶稣或者圣女伯纳黛特，我更像埃米利亚诺·萨帕塔、宾虚、熙德和阿拉伯的劳伦斯这类人。

妈妈给我讲过，我出生前不久，她还怀着我的时候，曾经去乡下外公外婆家里，刚一到那儿，我就开始在肚子里猛踢她，无论她换什么姿势都不得安宁。只有在爬坡的时候我才暂时安静一会儿。于是，妈妈在我的逼迫下爬到了小山的山顶，来到村子的寺院里。那儿有一些栅栏用来保护先知后裔的墓地，当她的手碰到栅栏时，我终于不再折腾了。从那时起一直到出生，我再也没给她添过乱，甚至都没再用胳膊肘顶过她。

在我出生后的一次郊游中，大伙饱餐了一顿烤肉然后露营，没人注意到刚刚学会走路的我一步一步地走远了，然后跌进了一道很深的峡谷。如果不是因为一株孤零零长在岩壁上的树，我会坠入几十米深处。树的根牢牢地插进岩石的缝隙里，就像一个野兽用爪子紧紧抓住它的猎物。那棵树紧贴着极为干燥的石壁，就像一个秃子脑门上的疖子，在那里长了不知多少年，就为了在恰当的时机接住我。我紧紧地抓住了树枝，扯着它的叶子，直到我的父母垂下绳子，从空中悬挂着爬下来救我回去。我有那棵树的照片。前几年，在我的坚持下，我们还回去看它，因为我厌倦了总是靠想象才能看见它。它还长在那儿，孑然一身却充满活力。我感谢了它，也感谢了主把它放在那儿救我。

我父母说，几个月后，他们带我去我叔叔家做客。我那时口渴了，但没人注意到，在茶炊的龙头底下有一个半满的水杯，那个茶炊一直放在厨房的地上，而且开着。接下来我没有叫任何人，而是坐在茶炊前，伸手把杯子拉过来想要喝水。但我拿杯子的时候，放在茶炊顶部的茶壶掉了下来，紧跟着茶炊也掉了下来，因为水龙头还卡在杯子里，就像骡子的头在水槽里一样。这么一来，一整锅滚开的水朝我淋下来，但奇迹般地落在了我旁边。确切地说，我几乎没有被烫伤，只有两个小小的“地球仪”除外，也就是在屁股上，那是唯一接触到开水的地方。

我不知道这是不是真的是我自己的记忆，但努力唤起这段记忆就好像我能在大屏幕上清楚地看到电影。我四岁的时候，在马什哈德的伊玛目礼萨圣陵迷路了。我的父母找了几个小时，终于在那个巨大庭院的另一边找到了我。没人知道我是怎么到达那里的，那一幕像是有一段胶片被截掉了，看上去过于模糊且令人困惑。我和另一个家庭的孩子们睡在一起，还搂着一个小男孩，他头上系着一条绿色的带子，上边写着“哦，侯赛因”。我俩都躺在大理石墓地上，那是铺成回廊的无数墓石之一，是为了在冥界赦免已逝者犯下的一些罪过而设，通过让朝圣者踏过他们的遗体来实现。我的父母把我叫醒，告诉我，这个墓是另一位名为大流士的人永远的居所，这个人的名字和我一样。他的姓氏和出生日期、死亡日期都被腐蚀，字迹模糊，难以辨认。没人认为这是一个巧合。几年以后，我们回到了马什哈德再次游览，我花了几个小时寻找那个坟墓，但没有找到。像平常一样，有太多的朝圣者挤在院子里，有些人不听我讲道理，不愿意拿起铺在地上的单子，让我看一眼他们屁股底下的地面。父母把我拖回车里的时候，我从心底诅咒那些人。但我爸刚一开动车子打算离开，主就听到了我的祈祷，派来一场在圣城从未见过的猛烈风暴。这让我非常高兴，就好像我已经找到了多年前曾睡在上面的那个同名者的坟墓一样，哪怕我们被风暴困了好几个小时。

几年以后，在新年的前几天，我的父母坚持让我试穿一套衣服，可我觉得衣服丑得令人作呕，结果在相熟的裁缝面前，他们强行让我穿上。这衣服是一种难以置信的蓝色，颜色介于垃圾袋和嚼了几个小时的口香糖之间。衣服的版型也很荒唐，不只裤子，连外套的领子也是喇叭形的。我就不说配的那件衬衫了，是带褶的紫色衬衫，穿上以后就像把脑袋从两个鹰巢之间伸出来似的。我觉得太可笑了，就为这个，我这辈子都会被取笑。可我父母不仅无视他们强加给我的屈辱，还买下了这套衣服，让我在即将到来的节日中穿它。在伊朗大画廊里，从三楼通往四楼那架拥挤的自动扶梯上，我被扇了一记响亮的耳光，引来了周围所有人的注意，于是我停止了抗议。泪水在我眼眶里打转，愤怒则在体内发酵。为了让那些怜悯和好奇的目光转到别处，我在脸上硬挤出笑容，可我心里就像有一座即将爆发的火山。

第二天，刚过午后那会儿，照惯例不能出声，因为人们要午睡，我悄悄地溜到院子里。我把那套新衣服扔到用所有衣服堆成的山上，里面还有内衣和袜子。然后我冷静地在底部点着了火。如果主没有让我父亲在比平时早得多的时间下班回家，我就会窒息身亡，因为火焰和烟雾封住了所有的逃生路线。我将成为自己复仇行动的囚犯和受害者。

作为补偿，那个新年我收到了比过去每一年都多的钱，这可能是因为我去走访亲戚时穿的衣服。那都是哥哥们不穿的衣服，破旧不堪。不过这些衣服宽大到足以藏下我的羞耻。那一年我成了家庭聚会上最受欢迎的话题。大伙儿都一致责备我这种爱报仇的性格，同时极力赞美主和我父亲的及时介入。

如果说我一直和父母有一种同样的热情，那就是每周至少去一次电影院。有一次我们一起去看了李小龙最新的电影《龙争虎斗》，一回到家里，我就开始像准备战斗的猫一样喵喵叫，毛都竖了起来，我的第一次功夫展示给了我哥哥一个意外惊喜。他追着打我，而我为了躲开，双臂用门框作支撑，闪电般地抬起双腿，想朝着他的脸飞去两脚。哥哥躲开了这一击，抓住了我的双脚，把我拉到他面前。我感觉到脑袋底下空无一物，胃里有种明显的坠落感。接下来时间缓缓流逝，而我周围的空间开始不停地变换，让我有晕船的感觉。当我醒过来的时候，我以为自己已经到了天堂，因为我不管朝哪看，周围的一切都是白色的，而且有一些天使在问我各种问题，他们虽然没有翅膀，但全都穿着白色的衣服。我准确回答了所有的问题，包括名字、出生日期，还有家庭成员。第二天，他们给我每个角度每个侧面都照了X光，然后我就出院了。他们说，我之前有一根肋骨断了，但不知道什么时候又长好了，我的颅骨里也没有什么显而易见的毛病，只有大脑例外。出院以后，我爸爸迅速把我带到了另一家医院，那是一家更大的医院。转到那家医院以后，我才发现，在这场家庭事故产生的后果中，最严重的是发生在我妈妈身上的事情。确切地说，我当时朝后跌倒，脑袋撞在地毯上，发出一声沉闷的响声，这件事对我妈妈的影响就像穆罕默德·阿里的最后一击彻底放倒了乔治·福尔曼一样[1]。医生们偶然发现，我妈妈的心脏有点小问题，他们立即实施了手术。假如她去世了，我也会很快就因为悲痛死去。然而我爸爸和我的哥哥们并没有感谢我。他们想尽一切办法让我觉得，妈妈身上发生的一切全是我的错，这样一来，我非常确信没有人爱我，全家人都痛恨我，而我甚至都没办法说他们错了。因此我决定，在让自己变成孤儿、爸爸变成醉鬼之前，先要完成一次伟大的冒险，让我能够变成有钱人荣归故里，能够因为英雄壮举而出名。这必须是像汤姆·索亚那样令人瞩目的冒险。我准备好背包，带上家

[1] 阿里和乔治·福尔曼均为美国著名拳王。

庭相册，这将是最后忧伤时刻对他们的记忆。然后我就爬上了自家的房顶，等待着传说中的神鸟或者其他什么鸟让我骑在它们长满五彩羽毛的背上，载着我飞走。要是来个外星人也不错。我集中全部的注意力呼唤它们，心里非常肯定总会来一个。最后我姐姐来阳台上找我，她注意到木梯子靠在墙上，就顺着梯子爬上去，直到屋顶的边缘，来看我在不在。她没有看到我，因为我躺在矮墙的后面。于是姐姐走了，还理所当然地带走了梯子。一旦我后悔（也许因为饥饿、口渴或者夜晚来临的低温），梯子就是唯一的挽救措施。由于神鸟也没来，其他长翅膀的生物也没出现，我又累又厌倦了等待，于是抓住房顶的上楣悬空，打算像蜘蛛侠一样飞跃下去，让家里重归宁静。我落到阳台上，一根骨头也没折断，但是膝盖着地，前额撞在地板上，像瘫痪了一样，直到家人被房顶的一声闷响吸引了注意，才上来找到我。我右边的屁股上一连几周都带着瘀青，而这并不是落下来时摔的。飞在空中的时候，我又有了那种奇怪的感觉，就像我哥哥把我摔在地上时一样，好像有一只手拦着我，延缓了坠落，疼痛却是不可避免的。这只手在我飞离屋顶的时候拉住了我的领子，有那么一瞬间，我感觉到神鸟真的来了而且准备带我走，只不过它更喜欢用粗壮的爪子而不是柔软的后背。但很快我差点被挂住钉子的衬衫勒死，那颗钉子本来是为了挂夏天用的帐篷。最后钉子撑不住了，衬衫也被撕裂了。总而言之，要不是因为这个，后果可能是灾难性的。

我上初一时，有一天下了大雪，我和扎尔从学校回来时，人们正在从屋顶往下铲雪，我们比赛看谁能够躲开。要想避开飞落的雪又不陷进之前积累的雪堆里，的确很难。我们在人行道上一步步往前走，每一步都在打滑。突然间，毕扬出现在我们背后，我俩都没听到，他推了我一把，我倒在地上。毕扬哈哈大笑，向我们挑衅，问我们敢不敢照他那样做。他恰巧站在铲下来的雪落地的位置。我毫不犹豫地接受了挑战，追到他身边。我们被从四楼飞下来的雪块砸中。那一铲雪中恰好有半块粗制砖头，一定是出于主的意志，它落在了毕扬那边。毕扬被砸中了头，手上也布满了红色的斑点。我看见他晕头转向地失去了平衡，书包掉在地上，摇摇晃晃地抓住我试图避免倒地。我恰到好处地推开他，以便躲开楼上铲下来的雪。我和扎尔手挽手回了家，一路捧腹大笑。毕扬却在暗自哭泣，因为疼痛也因为被碾碎的骄傲。

仍然是在冬天，只不过那会儿我还在上小学。有一天，天气非常冷，院子里的鱼缸结了冰，小红鱼被冻在里边，就像那种立体明信片似的。那天我在学校的科学课上认真听了关于化石的内容：老师给我们讲了在几百万年前甚至更远的过去，在热量和压力的作用下，史前动植物的残骸被压在岩石上。我仔细想了这个问题并得出结论，我自己在家也能获得同样的效果，而且不用等那么久。我从妈妈在过道里精心养护的花瓶里摘了一片绿色的叶子，然后用胶水把它完美地贴在一块石头上，再用另一块石头盖在它上面，做成了一个类似三明治的东西，把它们用铁丝缠在一起。接着，我在樱桃树底下用一堆干柴点燃了篝火，把石块扔进了火里。那棵樱桃树是我爸在我刚出生的时候种在院子里的。可是那片叶子并没有像预想中那样在石头上留下印记，而是变成了灰烬，两块石头也炸成了成千上万个碎片。其中一块碎石从我右眼边擦过，幸亏我当时正在扭头回应妈妈，在那个瞬间，她得到了主的提醒，也被火焰吸引了注意力，跑到院子里来看发生了什么事。到了春天，爸爸强迫我自己去锯倒樱桃树，先是裸露的树枝，然后就是烧焦的树冠，不过树心还活着。我数了数这棵树的年轮，比我的年龄多得多，我之前一直在怀疑，是不是自己也有很多超越年龄的东西。

养鸽子之前，我就非常渴望能驯养一只宠物，就像《阿尔卡特兹的养鸟人》[1] 里那样。我养鹦鹉失败了，它从窗口逃出去，我们在四个街区以外的路上找到了它，它栖息在一棵极高的枫树顶上，我们没法爬上去。我在那里待

[1] 又名《终身犯》，美国监狱电影的代表作。

到深夜，在严寒中瑟瑟发抖，不停地呼唤它，但这只可恶的鹦鹉在我绝望的泪水中也没有屈服。第二天黎明时分，我们又回到那里继续祈求它下来。最终爸爸失去了耐心，开始摇晃那棵树，又推又踢，想让它飞下来，也许它会飞回我们家，妈妈在屋顶上放了打开的笼子等着它。可是鹦鹉并没有顺从我们的意思，而是以自由落体朝我落下来，沿途撞到从上往下所有的树枝，反弹飞起，最后再落地死去。为了安慰我，就在那天下午，爸爸又送了我一只黄色的金丝雀，因为特别贵，所以禁止我把它弄出笼子。那个小毛球可以用歌声取悦我们的耳朵，代替我那只死去的鹦鹉毫无意义的尖叫，那声音似乎仍在屋里回响。我哥哥拿来梯子，几锤子就在走廊的墙上钉好钉子，那个高度就算我踩着椅子也够不着。爸爸检验了钉子是否结实，然后就把装着金丝雀的笼子挂了上去。小鸟都没来得及站在栖木上欢跃，钉子就从墙上掉了下来，鸟笼猛地摔在地上，令人心碎，金丝雀也去花园里的玫瑰下陪那只鹦鹉去了。

在这第二起家庭悲剧以后，妈妈禁止在家里饲养任何动物，除非是逃到我们家寻求保护或者觅食的那些。接连两场哀悼过后几个月，我从伯特·兰卡斯特[1]身上发现了一直在寻找的启示，找到了追随的榜样。到了春天，每天放

[1] 美国演员，曾主演《阿尔卡特兹的养鸟人》。

学回家，我就在街道尽头的沟渠壁上寻找鸟巢，直到发现每一个有幼鸟居住的巢穴。一天下午，我下到河道里，那里有一个碎石坡，我从一堆垃圾里捡出四个金属罐，把它们一个摞一个地放在那儿，然后踩了上去。我踮起脚，把整只胳膊都塞进壁上的洞里，整个石壁都是由锐利的石头和水泥砌成的，我有点发抖地抓住了一只雏鸟。一阵寒意让我的手掌开始颤抖，很快这股寒意流过我的身体，直达脚趾，让支撑我的罐子倒了下去。我感到一阵剧痛，胳膊像是断了一样。我捏紧拳头，像六点半的钟表指针一样挂在墙上，全身的重量都靠杠杆一般的前臂支撑着，我徒劳地大声呼救，没人听见我的声音。我用左手和鞋子的边缘紧紧攀住岩壁，像蜥蜴一样，然后把手臂抽离鸟巢。就在那个时刻，我掉在了泥泞的地上，就像一张靠唾液粘在玻璃上的纸牌终于脱落。我全身都脏兮兮的，胳膊已经像陈年老伤一样发紫。我左手的两个指甲断开了，右手沾满了血和羽毛，那只可怜的雏鸟被我捏死了。但我的胳膊没伤到骨头，像依照主的指示变成了仿生人似的。当然了，疼痛非比寻常，也许这是我在地狱所受之苦的预演，因为我害死了那只可怜的雏鸟。实际上，考虑到我忍受的痛苦，我可以发誓在犯罪现场就直接把所有罪孽还清了。

我一直在受到撒旦的诱惑，不幸的是，我几乎总是下意识地屈从于他的逢迎，因为他实在是比我的意志狡猾太多、强大太多，作为一个引诱者，他非常清楚地知道应该摇响哪条尾巴来迷惑我。

在所有让我无法抗拒的魔鬼诱惑里，有一个最大的诱惑，它已经污染了我的血液，我再也无法找到解药，它已经变成一种不得不服从的执念，尽管我知道一旦这么做，地狱之火就会将我的灵魂吞噬，这个诱惑就是亲吻索赫拉，也就是扎尔的妹妹。所有我深切渴望的吻都是代替电影里的主角完成的：那是在电影院里，从父母紧紧遮住我眼睛的手指缝里努力偷窥到的图像，也是在我获准使用录像机时依靠慢动作回放反复品味的镜头。

她的羽毛像受到惊吓一般全都蓬起，踩着舞蹈般的步子，跟随着只有她自己能听到的音乐，头颈向后转，用粉红色的小嘴上下啄着翅膀，愈加激动人心，愈加感染你。欲望是双向的，好奇心也一样。你追随着她做出一样的动作，好像你只是她的倒影，你步步向前，直到两人之间的空隙不复存在。你的头触到她的头，她的头也追着你的。你的嘴唇因为激动而张开，她的也像花蕊一般绽放，呼唤你来交流，其间除了呼吸和颤抖，没有任何声音。你的灵魂被点燃了，她的也一样，你们的心脏一起疯狂地跳动。她抚摸着你。她双翅微张，似乎想保护你，然后她松手等着你的拥抱，等着你把羽毛覆在她的羽毛之上。你永不满足地吻着她的脖颈，把她的头发从一边拂到另一边。她的呼吸断断续续，就像你一样。她用指甲轻触嘴唇。她用手臂和腿把你缚在自己身上。她的嘴和你的合二为一，一起呼吸。你的动作越来越迫切，越来越焦躁。很快你就跳开了，用尾巴和展开的翅膀扫过地板，发疯似的在她周围转圈，这次是她学着你的动作，分享你的喜悦，向你索求更多的吻。接下来，呼吸渐渐地不再炽热，世界逐渐运转如常。

我敢肯定，再有一会儿我和索赫拉就会融为一体，虽然我们还穿着各自的衣服。我也敢说，要不是扎尔进来打断了我们的吻，我将清空整个宇宙。要不是他阻止了我，谁知道我和索赫拉会有什么后果。有好几天，她温暖的身体紧贴着我的感觉挥之不去，别的什么都感觉不到，同时我的尴尬也持续了好几天。

为什么魔鬼如此轻易地穿透了我的灵魂，主和他的规则变得离我如此遥远，成了我对信仰之谜的一大困惑。假如主让我更加了解他的意愿，肯定就不会有魔鬼能利用我的无知来引诱我、迷惑我。

最惊人的一件事就是撒旦和天使之间那场因我而爆发的争斗。发生了一连串相互关联的事件，以便让我能够完成命定的事情。

这种特别设计确实存在的证据就是我从小学升入初中的经历。一开始我的成绩非常出色，而且我的米雷耶·马蒂厄[1]式波波头也颇引人注目，后来，到了新学校以后，我似乎成了《日落大道》的过气明星。这不仅仅是因为我的鸽子，在第一个学年我还没开始养。

首先是第一份成绩单让我尝到了一种全新的苦涩，上边有几科不及格：宗教学、英语还有阿拉伯语——两门必修的外语（我本来想说是三门外语）。尽管我非常努力，但第二份成绩单也没有任何好转。

当年我们是一个伟大的帝国，而他们还是山顶洞人或贝都因人的时候，如果我的祖先有机会征服这些野蛮的民族，现在全世界就都会讲波斯语而不是英语。就连主也不会派吉卜利勒给先知并命他用阿拉伯语传达信息，而是会用我从出生时起就讲的语言，那是我向主祈祷时使用的唯一一种语言，尽管我努力地想要学会他的语言，却始终无法做到。

然而，尽管我们有古老而辉煌的历史，但我们仍要学习那些脏兮兮的英国人的语言，就连电影也能证明，他们从来不会把泡沫冲干净，总是身上还挂着肥皂沫就开始擦。虽说主已经给了我们全世界最富有诗意的语言，但为了让他明白我们的意思，我们还是得讲那些吃老鼠的阿拉伯人说的话，那些人总是穿着白色长袍到处游荡，而且他们的

[1] 20世纪法国著名女歌手。

定语都随风飘走了。

爸妈把我成绩下滑的问题归咎于频繁地去找扎尔。对他们来说，假如我想在学校里提高成绩并最终获准继续养鸽子，就应该和扎尔保持距离。

对于英语，我求助于哥哥并用他的思维关联法来记单词。他的方法是相当有效的。例如，要学习怎么说“早餐”，我需要想象出一个金发的英国人，他从睡梦中醒来并感到饥饿，但由于他住在英国，那儿的早晨总是很冷，冷得让人发抖，所以有“brea”[1]。然后，他要做什么？“k-fa”？[2]他叫醒自己的朋友：“ssst”。所有这些都只是为了拼成“早餐”：brea-k-fa-st。其他单词也以此类推。为记住“地毯”这个词而想象出的场景绝对是最能逗我发笑的。“car-pet”：脏兮兮的英国人和他心爱的臭烘烘的宝贝紧紧地互相拥抱在一起。[3]我得承认，哥哥这种荒谬的记忆法让我习惯了单词和图像的结合，而且在某些情况下它确实是有效的。

尽管我的成绩在绝境中有所恢复，但英语老师仍打算让我留级：他有种完全不合逻辑的想法，就是把第一季度和第二季度的成绩取平均值，在那种情况下，我根本没办

[1] 意大利语中表示“发抖”的单词 brivido 第一个音节发音类似“brea”。

[2] 与意大利语的“che fa”谐音，意为“做什么”。

[3] 此处主人公将“car”想象成意大利语“cara”，意为亲爱的。

法及格。我面临着告别我那两只雏鸽的危险。但是后来，多亏了披头士的歌《昨天》，凯特·斯蒂文斯的《父亲和儿子》以及我的最爱，波尼-M[1]的《玛·贝克》——这些歌我在家里和车上都听到吐，能靠记忆跟着跳舞。靠着这些歌，我终于能够勉强及格了。我也成了生日派对的抢手货，吸引了大量的注意力。

至于阿拉伯语和宗教学，我家里没人有最基本的知识储备，仅仅能够鹦鹉学舌地重复祈祷词。然而有一天，当我的一个朋友提问时，我得到了启发。我只需要仔细听老师缓慢地、大声地念出《古兰经》的经文，并准确地把所有的元音标记在上方，把所有辅音标在下方，然后做好双音节和停顿的记号。除了那些日常的祈祷以外，如果我再背下来《古兰经》里的一句话，就一定没问题了。这样一来，我翻遍了整本经文，直到发现一个相当短的句子，看起来比较容易记住，然后在接下来的一节课上我主动发言。真是大获全胜。老师向我保证，说我已经完全跟上了。由于爸爸妈妈始终没有完全相信，我就求老师写两行字，向他们保证成绩单的真实性。老师非常善良，他给我写了条子，但还是抱怨尽管我近期取得了意外且神奇的成绩，在课堂上却总是不专心，明年他在做评估的时候，还要考虑

[1] 前西德乐队。

课堂上的参与。

初一那几门不及格的功课，可以和中学第二周发生的事完美地联系起来，那一周充斥着战争的警报和轰炸。在这背后，只能是主的精准意志。实际上，有一天来了一项突击任务：学校里所有的学生不分年级，都拿到一样的试卷。上面有十个问题，从每天有多少次祷告、第五或者第十伊玛目叫什么到更复杂的问题，比如信仰的五大支柱，这个顺序可并不容易记住。最后一个问题问的是救赎是否只属于穆斯林，或者说，其他宗教的信徒尽管犯了错误，是否也可以去天堂，还要写出是根据《古兰经》的哪一条做出的判断。

我回答说，伊斯兰当然是唯一的、仅有的救赎，这是因为主在《古兰经》里这么说。然后我写下了与此相关的那句经文，先是用不太确定的阿拉伯语写的，其中我还猜了几个辅音，接着用波斯语翻译了一遍："舍伊斯兰教寻求别的宗教的人，他所寻求的宗教，绝不被接受，他在后世，是亏折的。"[1] 这是我能背下来的唯一一句话，也正是初一那年救了我的句子，这句经文让我没有留级，也没有受到别的处罚，包括不能养鸽子。

二十多天后，我们站在院子里整齐地排成队，假装在

[1] 《古兰经》第三章第八十五节。

听校长用麦克风讲话，实际上却在谈论电视新闻播报的被摧毁或俘获的飞机、装甲车和伊拉克士兵的数量，校长说的话不知所云，就好像在念一本古书。我的名字突然响彻空中。这意味着，我必须立刻出现在主席台上面。但是直到他叫了我第二声，我才明白叫的是我，我能反应过来也是因为扎尔和其他人都盯着我，好像我就要上绞刑架一样。这时候我举手示意我在，然后从队里出去，既没有违反不能跑不能跳的规定，又尽可能快地走了过去。

我双手僵硬，因为害怕在不知情的时候下犯了什么错，这可不是什么牵强的假设。然而我却发现学校里所有的老师都在等着和我拥抱，尽管并不算热情。面对这种尊重，我既迷惑又茫然，而且不知道怎么就登上了面对着院子的露台，站在了校长和他的副手旁边。一个又一个人发表了讲话，教阿拉伯语和宗教学的老师也来发言。他说让我们好好想想他和同事们日夜不停地批改我们的作业，大约改了一千份，而全校唯一一个正确回答了所有问题的学生就是……他停顿了一下，用赞赏的目光看着我，然后喊出了我的名字。

我掐了自己几下。这可能吗？我，是全校唯一一个正确回答了所有问题的人？还有那群毕业班的学生呢？不，不可能是我，一个赛鸽的孩子。想想我来自一个什么样的家庭，冰箱里始终放着一瓶白兰地和一瓶威士忌（当然，这是招待客人用的）。因为魔鬼的引诱，我甚至还曾尝过威士忌的滋味，为了不让爸妈发现，只是急匆匆地尝了一下，他们要是发现我干了这事，一定会打死我的。我之前一直相信这是世界上最好喝的饮料，像西方电影里那样，只有站在餐馆外边的马才喝水。可实际上，一口下去感觉就像吞下了整个地狱，包括魔鬼的角和叉，而且撒旦连着几天都亲自来围攻我的胃。我们家的壁橱里还有吸鸦片用的全套工具，一旦最近开始的抓捕吸毒者行动追查到我们家，这些东西足够让全家都被枪毙。我有一次和扎尔试着吸了一口，结果我接下来连着两天都没法睡觉，过后又像熊一样连睡了两天。我爸妈从不独自喝酒或者抽烟，只在有人陪的时候才这么做。的确总有叔叔婶婶和家族的朋友不停地在我们家进进出出，但确实也不是每个人都会同时犯错（喝酒）又犯罪（吸鸦片）。通常情况下，客人会轮流从中选择一种，或者什么都不选，要是他们在日落之后来，每个路口都有卫队和民兵队[1]设卡，往往会是后一种情况。无论如何，要是显示出虚弱的迹象，就会遇到麻烦或者被问话。

我们家人当中，除了我和我爸爸以外没人祈祷，除非是在特殊情况下，当他们觉得某个特别的要求确实需要主

[1] Basij，伊朗革命领袖霍梅尼创立的民兵组织。

的直接干预时，才会偶尔祈祷。我爸爸祈祷是因为他许过一个愿。医生们曾诊断奶奶得了白血病，因为她连续几个月发低烧而且持续不退。爸爸许下早日痊愈的愿以后，又经过了无数的检查，医生们发现奶奶的病只不过是普通的感染，用抗生素就能治好。虽然两个月以后奶奶在路上被撞倒，因车祸去世，而且撞人的车逃跑了，但爸爸一直信守诺言，保持了信仰。

“不能和主开玩笑！当你和主签下契约，就不能反悔，否则下一次你需要的时候……”

我爸爸几乎总是在喝白兰地前祈祷，在加几勺酸奶、切碎的黄瓜和薄荷粉之前，因为据说这样酒就不会那么烈，而且如果嘴里不留着白兰地的味道，罪孽就不那么重了。然而，在日落前这个固定的时间，当他开始喝酒时就会躺在院子里的浴缸边上，漱几次口，以便赶走撒旦，他说是撒旦让他的嘴里产生了渴求。接着，在沐浴之后，爸爸就开始用热烈且令人信服的声音祈祷，以至于我能够花几个小时听他祷告。有几次我们甚至发现他筋疲力尽，彻底睡着了。

我开始和爸爸一起做祈祷，并且强迫他大声说祷词，直到我记住了《古兰经》里的两章，以及当我跪着向主祈祷时要说的阿拉伯语句子。有时候，当我充满激情地想要献身于主的时候，我会加强语气说出那些词，好像真的懂阿拉伯语，明白自己在说什么似的。我特意在说出每个“S”的时候发出嘶嘶声，用喉音强调每个“H”，还像遇到句号一样把“Z”拖长。我这么虔诚地祈祷并不是因为许了什么愿，而是因为晚上梦到索赫拉而弄脏了床单，第二天淋浴的时候又确信自己变成了大人。因此，出于我所知道的关于主的知识，那些祈祷对我来说也成了必须做的事。

成为唯一一个正确地回答了所有问题的学生，对我来说像一件做梦都想不到的事。简直难以置信！但这是真的，除了我以外，没有一个学生答对了第十个问题，包括我们街区那些毛拉[1]的孩子，他们都和我在同一所中学上学。他们确实写了只有我们注定要去天堂，但谢天谢地，他们并没有提出任何证据来支持自己的观点。

因此，在阳台上，宗教学老师送给我一大摞书，足足有十三本，都是关于先知和十二伊玛目生平的，还有一个铅笔盒，里边装着一支钢笔、一支刻着心形的比百美牌[2]自动铅笔，他还给了我一罐自家产的蜂蜜，并且当着全校所有人的面郑重承诺会在朝圣时带我去见阿亚图拉·霍梅尼本人。

我回到了教室，迎接我的是雷鸣般的掌声，掌声很快变成了合唱：最伟大的安拉！霍梅尼是我们的向导！打倒

---

[1] 毛拉，伊斯兰教职称谓。

[2] Papermate，美国文具品牌。

美国！打倒以色列！打死萨达姆！

教室里还有我们的科学课老师，他是个大胡子的家伙，总是面带微笑，和蔼可亲。课后他叫住我交谈。他再次祝贺了我，并请我参加他组织的旅行，和其他的朝圣者一起去圣城库姆[1]附近的贾姆卡兰清真寺。他向我解释说，这是一个出现奇迹的地方，隐遁的伊玛目一千年前在那里出现，特别要求在那片受到主祝福的土地上修建一座清真寺，并许诺他在末日审判的前一天会再次出现在那里，走过通往地下泉水的台阶，而最后他的回归将解放人类，让人们免受各种压迫，这也要归功于耶稣基督和我这类孩子的帮助。

要说我已经把自己看做一个出现在所有海报上的电影明星，仍然是轻描淡写。我立刻接受了这个提议，但科学课的老师拉菲先生很快就挫伤了我的热情。我们必须等到战争结束，或者至少等道路重新变得安全以后才能去。此外，我还得说服父母签署一份许可：因为我要在外边待整整一个晚上，来寻找自我并获得等待我们发现的神性。

到家后，我就把一切都告诉了父母，虽然有点搞混了这两个地名。他们称赞了我，还开了个小玩笑，用一件件事情提醒我有过一段短暂却不太光彩的过去。那时候，我并没有对他们坦白自己感知到了主的意旨，也就是

---

[1] 库姆，伊朗中部城市，位于库姆河畔，伊斯兰教什叶派的圣地。

一千四百年前主赐给先知、最后是为我准备的那节经文。他们不会懂的。我爸爸或许能懂，但他那时候越来越醉心于工作。他都不来看我在晨祷后放飞鸽子了。家里的其他人几乎算是无神论者。他们总是抱怨，我们的处境比以前更糟糕了，街上都不再安全，什么事情都被禁止，当年国王还在的时候，没有一个国家敢占我们国家一平方厘米，可现在那个卑鄙的阿拉伯人萨达姆·侯赛因占领了霍拉姆沙赫尔[1]，而且不断在我们储藏有丰富石油的领土上推进。

他们，我的家人，不理解这些，他们内心没有信仰。他们是英雄诞生过程中必须存在的负面因素。我现在非常确定，现在发生的一切在数个世纪前就被设计好了，是主在指挥着一系列事件，从阿拉伯人入侵、卡扎尔王朝到礼萨·汗和大革命，从美国使馆里被扣押的人质到伊拉克入侵，直到眼下这一刻。所有这一切都是为了一个目的：我。

这是唯一的解释，因为除了祈祷词以外，我就只记得《古兰经》里的一节内容，这还是在主派那两只鸽子到我家屋顶筑巢之后，为了不留级而学会的。这一节恰恰是第十个问题的答案，感谢主，没有第二个人知道。

我开始兴致勃勃地阅读那些奖给我的书。我终于知道

[1] 伊朗港口城市。

了十二伊玛目的生平，他们都有着命中注定不平凡的一生。他们全都牺牲了，除了最后一个，他在孩提时代消失不见，后来又被杀害，并在适当的时候重返人间。我用阿拉伯语和波斯语记住了每个人最著名的句子，都是些简短却含义深刻的话。这些穆罕默德言行录在进行神学讨论的时候非常有用，在交谈过程中说出来也能起到引人注目的效果。

不过，我也没有忽视其他科目。到了这个时候，我作为大家的榜样，再也不能辜负任何一位老师或同学了。

在班里，几乎每个人都和我成了朋友，在校园里，那些从没见过的同学都不停地跟我打招呼，我也一一回应。每当有不认识我的人，其他人就指着我说同一句话："他要亲自去见伊玛目了。"在这种氛围下，扎尔总是自豪地走在我旁边，也被笼罩在我的光环下，不管我去哪儿、去干什么，他都很高兴地跟在后面。

没过多久，我就由于举止良好而赢得了所有老师的认可。其中最难以置信的就是宗教学老师，米尔·哈桑尼先生，就是他要带我去见阿亚图拉·霍梅尼。他总是穿着那身褪色的军装。他用清晰而令人信服的声音讲课。他就像是一口知识之井，不管谈论什么话题都会引用《古兰经》中的句子，或者提到某位伊玛目的圣训，甚至是知名度不高的伊玛目。首先他会用阿拉伯语引用，然后会逐字翻译，而且针对每个词都会举出相应的例子或者故事。他上午在学校讲课，下午在清真寺讲，同时还是我们这里民兵组织的头目，没人知道他是怎么做到这些的。他还经常参与守夜，因此你也能看到他和巡逻的吉普车一起来到学校，并且穿着军装在课堂上和大家打招呼。他看起来就像格瓦拉转世。他也留着一模一样的大胡子，只是没那么浓密，而且有点花白了，不过他的头发总是剪得很短，而且很整齐。

米尔·哈桑尼先生是一个榜样，他展示了只要你愿意，就可以做到各种各样的事情，让自己对人类有所贡献。他给我们讲宗教和阿拉伯语课，每周上两次，在美术老师被解雇以后，或者照那些长舌之人所说的被赶出去以后，还接替了美术老师的工作。除了教学和半军事化的游击队活动以外，他还负责分配和分发家庭配给券、组织大家收集水果和准备那些用来发往前线的蜜饯，而且几乎每个星期五他都会租一辆巴士，踏上所谓的重建农业之旅，也就是拉去新鲜且免费的劳动力，帮助在田里遇到困难的农民。

每次我独自在走廊里见到他，他都保证说过几天会带我去见霍梅尼，这样一来既安抚又助长了我的焦虑。与此同时，在第一季度末，他连同成绩单一起给了我父母一张纸，要他们在上边签名，允许我和米尔·哈桑尼先生以及一群特别挑选的学生一起去达玛万德山脚下，那里是他的出生地。绿色的田野里有一座大房子，他的父母仍然住在那儿，还有一条清澈的河穿过庭院，河水就像刚刚融化的雪一样冰凉。

到了旅行那天，我们抵达目的地之后还不到一个小时，就全身湿透了，也包括米尔·哈桑尼先生。院子里，河水流过的地方形成了一个水池，我们玩闹着互相泼水，很快最莽撞的孩子和最温顺的孩子都跳进了水池。伴着一阵又一阵大笑，我们在晚秋温和的日光下晾衣服，但主要还是得在屋里守着煤油炉才能晾干。大伙一起做午祷，然后一起享用了米尔·哈桑尼先生的母亲用田里收成做的美餐。这时候，米尔·哈桑尼先生给其他孩子布置了一项任务，把我单独带出来看他养的蜜蜂，它们因为季节变化和冷空气侵袭成群地死去。

我长这么大从没见过蜂箱，还以为蜜蜂会成群结队地攻击我来保卫它们的家。

“蜜蜂只有在感觉到危险的时候才会蜇人。别怕，随便怎么动都行，就让它们落在你身上。”

也许真是这样吧，但我看过太多描述昆虫发疯的电影，时不时就有一个相信它们无害的倒霉鬼首当其冲被活活吞没。不管怎么样，我不能表现得像个胆小鬼，于是任由几只蜜蜂落在了我的胳膊上。

“对蜜蜂来说，蜂箱就是生活本身。它们异乎寻常地明白个体的行为能够保卫整个群体。现在主已经给我们派来了伊玛目霍梅尼，给了我们这个使自己的信仰在全世界获得胜利的机会，只要我们像蜜蜂一样行动……只要我们每个人都参与其中……”他略微低头并向前倾，眼睛半闭着，嘴唇紧抿，以强调真的只需要一丁点努力。“全世界被压迫的人很快就能战胜压迫者。”

我不知道该怎么回应他，只得点点头，好像脖子的位置变成了弹簧。

“信念是不可战胜的武器。你看……”他指引我看一只急切地等着存放自己劳动所获的蜜蜂，它刚从晚秋的几朵花上、盛有糖和水的碗里采集归来。“一个人，一个信徒，应当加紧行动，改进自我和群体。他应当成为榜样，并且在一开始就去阻止其他人任何有偏差的行为。否则，所有为革命而流的血就都白流了。哪怕以牺牲我们的生命为代价，也应当迫使其他人遵从主的准则。我们的努力终将得到奖赏。必将得到奖赏！愿这奖赏早日来到！我们应得的回报……假如我们有幸在伊玛目霍梅尼指明的道路上成为烈士，那么来世……就会比这蜜还甜无数倍。来，尝尝！”

“真甜！真好吃！”

“那些努力让主的言语得到尊重的人有福了！那些在主的道路上牺牲的人，蜜河在天堂为他们而流淌。只为他们，只为烈士。”

“他们有福了！”

“我并不向你隐瞒，做教师的薪水还不够饱腹，但我保证，在这尘世间，没有什么比遇到有悟性又聪明的学生更令人满足的了，就像你，还有在这儿的这些孩子。你们是伊斯兰的复兴……我已经不成样子了，也没了往日的力气……我睡去时要祈求主的宽恕，如果没能完成见证隐遁的伊玛目回归所必须的任务……你，你们，你们所有人，都比我和我这样的人幸运得多……你们是先知和伊玛目霍梅尼所宣示的胜利……你们都因为诚实和信仰被选中了。”

“我将竭尽全力完成我的使命。”

他闭着眼睛朝我微笑，仿佛是感激主在他眼皮后边出现。然后他又睁开眼睛，轻声呢喃了一句话，把食指的指尖放在我摊开的手上，刚刚跟我混熟的一只蜜蜂就被转移到他的手中，然后他轻轻一挥让蜜蜂飞走了。“现在你去叫阿波法兹，告诉他到这儿来找我，你去接替他干的活儿。”

“谢谢您，老师。您的蜂蜜好吃极了，”我舔了舔手上残余的蜂蜜，“在家里，我们已经喝光了最后一勺您送的蜂蜜。”

“我应该还有今年春天留下来的几罐……”

“只要您告诉我每罐多少钱……”

“我送给你。应当把有价值的东西给予那些你认为最需要的人！不要和别人说，否则他们也想要，我就不能……”

“谢谢老师。您真是太好了。愿主保佑您的双手。真的谢谢您！”我带着满足的笑容走开，心里想着要把换来的钱用在我那些最需要它们的鸽子身上。现在已经很难找到饲料，主要是贵极了。但我突然停在原地，因为羞愧而满脸通红，我朝米尔·哈桑尼先生转过身去。

“怎么了？”他亲切地朝我低下头，问道。

“如果……我求您点事……您会怪我吗？”

“告诉我，大流士！什么事？”

“您保证不怪我？”

“我保证！”

“我真的觉得很尴尬……但是实在想不起来了……我应该去叫谁来着？”

他笑了：“阿波法兹。”

“啊对，阿波法兹。”我朝着山谷转过头去，对着院子放开喉咙喊，“阿波法兹！阿波法兹！”

“小心！保持安静，尊重别人的工作！要像你这么喊，我自己也能叫他。我父母正在休息。”米尔·哈桑尼先生责备我。

“可我不知道哪个是他，我不认识他。难道我要挨个去找每个人，然后悄悄问他是不是叫阿波法兹？”

“怎么了？我在这儿！你要干吗？”在五十多米外地势较低的地方，一个橄榄色皮肤的男孩扯着嗓子喊道，全然不顾米尔·哈桑尼先生的父母正在午睡。

我示意他别喊，到山丘上来，然后朝米尔·哈桑尼先生转过头，咧嘴笑着想请求原谅，但他已经摇着头转向另一边去检查蜂箱了。

由于战争迟迟不停，伊拉克人也没有被什么天降神兵袭击，反而受到了全世界几乎所有国家在经济上和武器上的支持，我就说服父母去和科学课的老师谈谈计划中的那场旅行。

接下来的星期二，爸爸带我去那个和拉菲先生约好的广场。他在离开之前把我托付给了拉菲先生和其他朝圣者，但主要是托付给了主。然后他在我耳朵边叮嘱不许我闯祸，还要像虱子一样紧紧跟在老师身边。

队伍里既有男人也有女人，主要是带着不同年龄孩子的家庭。同去的还有另一个年级的一位年轻英语老师，他替别的老师给我们教过几节课。

大巴抵达的时候，每个人都像是在茫茫大海中发现了仅有的救生艇一般上车落座，因为大巴迟了两个半小时。我们的座位是男人在前女人在后，只有几处例外，在整个旅途中，拉菲先生都坐在我身边，对我讲他一生中最重要的那些事情，而我也仔细挑选了几件关于自己和家人的事，回报他的信任。

我们到贾姆卡兰以后，约定了返回德黑兰时碰头的时间和地点，在进清真寺之前，我们还要去盥洗室解决个人需求并且进行沐浴。男盥洗室是一个有条通道环绕的大厅。在正中央，有一个特别大的浴池，边上装着水龙头，水从里边冒出来，可以饮用也可以洗手和脚。沿着墙壁有几扇门，通向土耳其浴室。每扇门前都排着一条至少三人的队。而门的后边是一场咳嗽交响乐，显然不是因为扁桃体受到了意外刺激，而是因为人们在拙劣地掩饰其他声音。各种各样的声音都有，浑厚的、轻快的、活泼的、快乐的、害羞的、像炸弹一样响的。

我这辈子从来没有像这样一边维持脸部肌肉不动一边大笑过：如果我忍不住笑出声来，拉菲先生大概会让我走回德黑兰。

沐浴之后，我们进入清真寺，并做了晚祷。然后，那位年轻的英语老师出去散步了。

“终于能安静会儿了。”拉菲先生一边看着他出去一边说。

“您不喜欢他？”

“部里的人派他来跟着我……他们觉得我是……算了，别破坏了这个沉思和祈祷之夜。来，拿起《古兰经》。”

我站起来，拿起一本带经架的《古兰经》，递给拉菲先生。

“不是给我用的，我能背下来。”

“真的？”我不相信。

“应该说是几乎能。”

“那我应该把它拿给谁？”我一边问一边环视四周，看有没有其他乘大巴来的朝圣者。

“你坐下，大声读第二章第六十二节。”

我亲吻了《古兰经》，先是郑重地把它放在额上，然后才放在经架上，小心地翻动书页寻找那一节，找到以后我就开始用阿拉伯语一个字一个字地读，犹豫不决，不敢确定。

“不，算了吧！读译文。”

我看着他，眼中带着羞愧，耳朵也烧得厉害，觉得自己这糟糕至极的阅读亵渎了主的言语，但是拉菲先生却安慰我说：“你阿拉伯语读得还不错，真的不错！我只是想让你读译文。”

我清了清嗓子，集中注意力开始读，尽量别让自己连波斯语也读错：“信道者、犹太教徒、基督教徒、拜星教徒，凡信真主和末日，并且行善的，将来在主那里必得享受自己的报酬，他们将来没有恐惧，也不忧愁。”

我又读了一遍，但这一次是低声读的，以便确认它的含义。“那么……我的那个答案是错的？”我惊愕地问。

“从某种意义上来说，它可能不是完全正确的。”

“但主明明白白地说，舍伊斯兰……”

“在其他许多节里也有相反的说法。主并不会明确地说什么，从本质上就不是这样。你在考试里引用的那节经文可以按照你写的那样解读，许多传道人在他们的文章里也这么解读，但是这一节也可以理解为一个真正的穆斯林如果背叛信仰，在审判日就是亏折的。”

“可是主也会救其他人吗？那都是些异端。”

“这是谁跟你说的？你不认识也没遇到过这样的人吗？你没读过其他的宗教典籍吗？并不是由你来评判谁该进天堂谁该下地狱。只有主才能评判。伊玛目阿里在成为哈里发之后，夜间化装行善，没有人认出他，他把食物带给库法[1]最穷的人家，并不问他们是不是信徒，是不是他的追随者，是穆斯林还是希伯来人。正因为如此，他被认为是最善良的伊玛目。”

“那人们是怎么发现的？”

“什么？”

“如果他是偷偷干的……那么后来的人怎么会讲述他在夜里出去行善……他们怎么知道是阿里，而不是其他人？”

“我真喜欢你的好奇心！”

我本打算在背过的圣训里找出一个关于好奇的句子，但终究还是保持了沉默，因为他有可能会挑剔内容、翻译甚至来源。那天晚上我才知道，自己其实根本不理解信仰究竟是什么，或者应该是什么，因为它有那么多的矛盾之

[1] 古城，位于巴格达以南。

处，还有那么多语言上的障碍。

第二天早晨，我们坐着大巴直接回了学校，比原定时间早了一个钟头。我困极了，感觉到这辈子都没法恢复过来了。一个小时能有多长取决于接下来会发生什么事，就在那个星期三，我们还做了体操。

冬天过了一半，有一天米尔·哈桑尼老师叫我。我到了他们班门口，他让学生们安静，因为要跟我说件重要的事情，然后就从钱包里抽出一张纸，关上身后的门来到走廊，到了我身边。

“这是你画的？”他用空着的那只手指着一幅画，那是他在艺术课上留的作业，我在家画的。画里是埃及艳后克里欧佩特拉，是我在一幅神秘主义风格的月历上找到的，我用铅笔和直尺把它分为一厘米见方的小格，然后在一张大纸上分出2.5厘米见方的格子，照着画了一幅更漂亮、色彩更丰富的画，画好以后又仔细地把格子擦去，完全看不出痕迹。

“这是您要求我们画的。”我自豪地回答。

他盯着我，不等我做出反应就朝我左脸甩了一耳光。我还在摩挲着自己的脸，他已经把我的作品撕成碎片，揉成纸团放进了口袋。我猜他大概看出我用了画方格的办法，而他之前是要求我们徒手画的。

“你不知道禁止画女性的脸吗？”

“那照片怎么办？”我在一股怒气中为自己辩护道。

“那是另一回事。描绘面容是大罪，看这种画也是有罪的。”

“真对不起！我可没料到因为自己的过错让您也染上罪过。我以前不知道，真的！”

“你不知道的事情真不少……不是你的错。你要想提升自己还需要帮助。”

“……”

“跟你父母说，革命周年纪念日那天我去家里接你，校长已经通知我了，我们一起去朝圣伊玛目霍梅尼。”

我忘记了脸上的灼痛，咧嘴朝他笑起来。

“现在回教室吧。”

“谢谢您，老师！”

他扭过头准备进去，我迈开坚定的步子准备把这个好消息告诉扎尔和其他人。

“大流士！”他又叫我，我有点发抖，心想他是不是要在我另一边脸上也来一耳光。

“我在，米尔·哈桑尼先生！”

“我在打分表上给你打了二十分。”[1]

---

[1] 伊朗的学校实行二十分满分制，一般十分以上为合格，十六分以上为优秀。

“二十分？为什么？”

“为你的画。”他边说边进了教室。我张着嘴站在原地，盯着空空的走廊，在下课铃响起的时候吓得跳了半米高。

我该对霍梅尼说什么？怎么称呼他？应不应该看着他的眼睛？和他握手还是轻轻低头致意，同时眼睛盯着地板？手应该放哪儿？我也像他一样盘腿坐在地上，还是跪坐以示尊敬？穿什么衣服？要穿件旧的以便看起来像个穷人，还是穿件崭新的？我脑子里盘旋着这些问题。“难的不是问题，而是有合适的答案。”我不记得在哪部电影里听到这句话，不过只要想想就觉得很有道理。

朝圣前一晚，我试着想象我们的会面是什么样的。

当我和阿亚图拉·霍梅尼在一起时，来了一个美国中央情报局的恐怖分子，他抽出手枪想要杀死霍梅尼，我跳起来朝他手腕上踢了一脚，解除了他的武器。但这时候霍梅尼的卫队来了，他们以为我是杀手，就向我开了枪。霍梅尼扑在我身上，把我抱在怀里，摇晃着我被血浸透的身体，哭泣着，声嘶力竭地喊他们弄错了，杀手是另一个人，而我刚刚救了他的命。我抚摸着他的白胡子，在上面沾了我的血，然后我闭上眼睛，头歪到一边……剧终。

或者我们在那儿谈话，开始听到外面传来一阵骚动，然后就是一阵枪声。有人往客厅里扔了一枚手榴弹，正好落在我们两人中间。我们都冷静地注视着手榴弹拉开的引信，在场的其他人都在奔逃。我看着阿亚图拉·霍梅尼的眼睛，对他微笑着，向他挤眼示意。也许最好别挤眼。接下来，我像猎豹一样纵身一跃，扑过去抱住他，充当他的盾牌。炸弹爆炸了，所有那些碎片都刺进我的后背，我变得像一头豪猪。后面的都和第一个场景一样。

伊拉克的轰炸也有可能形成夺人眼球的大场面。天花板落下来，我们都埋在废墟下。我们周围只有火焰和死伤者，还有高射炮疯狂射击的声音。一片玻璃恰好击中他的大腿，切断了动脉。我也受伤了，但是还能动。我朝他爬过去，试着用手捂住伤口延缓出血的速度，等待迟迟不来的救援。在救援人员抵达后，我才意识到自己也受了致命伤。阿亚图拉·霍梅尼希望我和他在一起，于是他们把我装进同一辆救护车里带走了，可是司机因为我们在车上而变得非常激动，开车撞上了一根灯柱，我们暴露在恐怖分子的枪口下，他们预计到我们会经过这里，马上开始射击。我们两个一起逃出来，在一个漆黑的地下隧道躲避，这条隧道应该能把我们带到一个更安全的地方，然而伊拉克军队空降下来，包围了整个地区，逃生路线都处于监视之下。我们一起进入一幢被炸弹摧毁的房子，我用一块破布包裹他的伤口，他剪掉胡子并和我换了衣服。伊拉克人没有认出他，接着我们的人到了，把我们带到了医院。

或者是一些不那么惊险的事情，考虑到阿亚图拉·霍梅尼的年龄，最好是些更神秘的东西，比如天空中的一道光，或者一道天然的光柱包围着我们。因为他是世界上与主接触最多的人，所以已经从大天使加百列那里得知了我的到访。他马上认出了我，我刚跨进大门，他就起身向我走过来，拥抱我，告诉所有人我是谁……不过鉴于大天使是通过图像告诉他一切的，他就看着我问道："你叫什么名字？"

天亮后不久，我爸爸一边去开家门，一边悄声咒骂，因为他得在这么个假日的清晨穿戴好，但刚一摸到锁，他脸上的不乐意就已经变成了一个喜气洋洋的微笑。我出门的时候，感觉到自己像共和国总统一样重要，有一整支护送队伍来接我，陪我去朝拜伊玛目霍梅尼。只可惜，那个时间街上连一个活人都没有，也就没人能把这事告诉所有的邻居。米尔·哈桑尼老师示意我上车，我不停地挥动着伸出窗外的手跟爸爸告别，即使在他回去以后我也没停。

在这辆民兵队的军用车上，司机旁边坐着一个比我大些的年轻人，蓄着长长的胡子，似乎十几年间从未剪过。他是个滔滔不绝的话篓子，简直能累死一支聋子组成的部队。车子每转个弯，他就向米尔·哈桑尼先生提一个宗教问题，但又不听解答，而是只顾表达他的看法，同时又从他那圆柱形的脑袋里引出下一个问题。谢天谢地，还没等我要求，他就任由我全程都坐在窗户边。后排座位上，靠边坐着一条黑色罩袍，只在眼睛的位置留了个缝隙，让人能推测出底下有个女人；旁边是个小女孩，头上系着一条双面软绸巾，连额头上能看到的部分都遮住了；再旁边是个难以辨认年龄的婴儿，又爱哭又讨厌。军用车另一头，有三个戴着头巾的女孩，脸露在外面，不过头巾把她们从头到腰都遮住了，看起来就像装在一个倒置的漏斗里，好在手还是自由的。其中两个可以参选德黑兰最丑女孩的比赛，两人获胜的几率一样大；第三个却美极了，你简直无法移开目光，很难不犯下用眼睛乱看的罪过。父母总是教育我绝不能盯着别人看，特别是长得丑的，而且也绝不能讽刺别人的缺点，否则主会用同样的待遇来惩罚你。于是我悄悄地咬了三次右手虎口，请求主的原谅并感谢他给我的一切。

后来我才意识到，罩袍底下的女人就是米尔·哈桑尼先生的妻子，那两个小孩就是他的孩子。他们都是普通人，心思单纯，去朝拜阿亚图拉·霍梅尼，就像人们去清真寺一样。另外那个年轻人和三个女孩则都是民兵队的志愿者，每个人都在自己所在的区做出了一点值得注意的事：总之就是像我一样配得上亲自去拜见伊玛目霍梅尼。

汽车在德黑兰街头行驶，天空逐渐被云朵遮蔽，气温没有上升反而下降了许多，路边的雪堆变得越来越大。米尔·哈桑尼先生把车停在一块专门留出的空地上，我们在贾马兰小镇那所谓的“人行道”上前行。卫队和检查站的数量在不断增加，于是我们知道离侯赛因圣所很近了，也就是说离阿亚图拉·霍梅尼的住处很近了。这时候，我的脚趾已经变得像刚从冰箱里取出来的冰棒一样，又硬又脆。

在一个路口，我们通过横幅、人潮和一步一岗的卫兵辨认出了他的住所。米尔·哈桑尼老师告诉我们不要走远，他去找一个管用的人，过了好一会儿才回来，告诉我们跟着他走。

我们越过人群，分成两队，一队男性一队女性，在铁门前面安置着一顶军用帐篷，我们一次进去一个人接受他们的搜查，那扇铁门开向伊玛目霍梅尼住所的院子。按照他们检查我的方法，我觉得如果我是撒旦的刺客，简直可以带武器进去杀害伊玛目。我想象着一个慢动作场景，我一边跑一边疯狂地射击，从一个藏身之处翻着跟头躲到下一个藏身之处，最后用手枪瞄准阿亚图拉·霍梅尼的所在，刚刚幻想完，我就又被搜了一遍，这次搜得显然仔细多了：我必须为这邪恶的思想忏悔。

大门打开的时候，我的心脏疯狂地跳动，我感觉到一股愉悦的热量填满了身体，仿佛被神圣的气息淹没了。

我跨过门槛走进小院里。左边是侯赛因圣所的一堵墙，墙壁中央离地一米高的地方有一扇门，却没有可以登上去的台阶，只有一个推到一边的活动踏板。右边有一个露台，在那儿，所有朝圣者都能看见的地方，是伊玛目霍梅尼家客厅的玻璃窗，这在电视和照片上出现过无数次。

我们沿着墙站成队，一直排到露台下边，露台的围栏后边有一把空的扶手椅，我们等待着。阿亚图拉·霍梅尼由他的儿子艾哈迈德老爷陪伴着走了出来，侧坐在扶手椅上，把左手放在扶手上，这样一来我们就能一个接一个地上前亲吻他的手背。每个人都以各自的方式亲吻，有人只是简单地一吻，有人亲吻之后把额头靠在他手上，也有亲吻——额头——亲吻，还有亲吻之后擦擦一只眼睛，然后再擦擦另一只，凡此种种，仿佛那只手是件圣物。

那是我第一次亲吻别人的手，在我们家这个举动是绝对禁止的，这被认为是对主的亵渎。我小时候就曾向爸爸寻求答案，他对我说人只能在主面前低头，也只能服从于主，对主所创造之物做这个动作，就等于是把他抬高到了与造物主同样的位置，这是大罪。

轮到我们的时候，米尔·哈桑尼先生在围栏处停下来，依次向伊玛目霍梅尼介绍我们，在轮到我的时候，他说了几句话，可我因为兴奋，同时也因为被伊玛目散发出的光芒弄得头晕目眩，完全没有听清。我踮起脚吻过他的手以后，伊玛目霍梅尼抚摸了我的头发和脸，就像一个和蔼可亲的老爷爷，当我抓住他的手准备亲吻、再亲吻的时候，他看着我的眼睛低声说："永远要做同龄人的榜样！"然后我意识到，我必须离开他的手，离开这个荣誉之位，让给我身后排着长队的朝圣者。

我沉醉在敬爱中，到大门边停了下来，不去理会一个警卫要求我离开院子的催促，全神贯注地凝视着那位受主祝福的老人，他将伊斯兰和真正的信仰带回了伊朗。

轮到和我们一起来的女孩子时，伊玛目霍梅尼用他的斗篷遮住手背，这样一来她们就既能亲吻他的手，又不必用嘴唇接触到他的皮肤。

亲吻之后，我们前往侯赛因圣所，我们在楼下，妇女在楼上。我们坐在大厅中部，并且一直占据着这个位置，尽管在场的还有各式各样的官员，以及挤过来听伊玛目霍梅尼在革命两周年正式讲话的人们。

在讲话的整个过程中，我的眼睛都没有离开他的手、他的眼睛和他的姿势，我努力记住他所有的动作，还有他那好玩的乡音。有一刻我觉得他注视着我，而且仿佛圣所里只剩我们两个人，仿佛他在对我说话，只对我一个人说。

“我们的向导是那个十三岁的孩子，他手里拿着一枚手榴弹冲到敌人坦克下边，并摧毁了它，因此他尝到了殉教者的甘露。”

这并不是在说我，不过将来他肯定会说起我的。现在他是在对我说话，我们两个人之间仿佛有一种密码，把全世界都排除在我们的对话之外。那一刻我明白了，他在我们见面之前就知道该告诉我什么。他是在给我指路，并警示我沿途可能遇到的所有陷阱。他清楚地告诉我该去模仿哪个民族英雄，以便完成主选定我去完成的使命。在那一刻，一切都变得像太阳光一样清晰，哪怕在离开圣所的时候太阳仍然完全被云遮挡着。

我将不得不和一个年龄更小的孩子进行比较，虽说他只比我小一点点，但我还没起步就已经处于不利位置。如果我们把他成为烈士之前的那些壮举也算进去，我就真的得发起致命一击才能和他竞争。不管我做出多么伟大的事迹，都永远无法成为祖国和伊斯兰最年轻的英雄了。但我还是有一点优势：我已经知道了他的故事，因此就可以做得更好，这主要还是依靠主的帮助，还有他那看不见的手，必将引导我做出他希望我去完成的事业。

然而，我越是试着说服自己这一点，内心深处就生出越多的怀疑。当我把那个男孩的过去和我自己的相比较时，我不得不承认我们两人之间没有任何共同点。他，穆罕默德·侯赛因·法赫米德，是一个乡下男孩，而我生长在首都德黑兰。他在库姆读了小学，然后和全家人搬到了卡拉季生活，而我们家从来没有特意去过库姆，只是以前曾有几次短暂停留，为的是去马苏梅圣所，随后又立即启程回家，因为那个城市的水太咸，没法入口。不过我们常常会在周末去卡拉季，我们喜欢去那儿远足，在户外吃一顿美味的烤牛肉饭，然后把汽车收音机的音量调到最大，在田野里跳舞。

他，法赫米德，在革命刚刚结束、阿亚图拉·霍梅尼宣布创立人民军的时候，就应征加入了民兵组织。而我虽然明知道会让米尔·哈桑尼先生失望，却还没有这么做，因为我向父母提出这个想法的时候，他们并没有表现出我预期的热情。

在法赫米德的传记中是这么讲的：革命一胜利，他就从家里逃出来，志愿加入库尔德斯坦剿灭当地共产党员的活动，但是他又被送了回来，因为年纪太小不能参加战斗。我仅有的几次逃跑都是逃学去看早晨上映的第一幕电影。

还有，我整个夏天都在劳作，以便弥补邮递员艾哈迈德老爷摩托车的损失，而法赫米德却在接受军事训练，为捍卫伊斯兰做着准备。这样一来，在伊拉克人入侵我们之后的那段日子，我开始读高中，而他立即响应了阿亚图拉·霍梅尼的号召，去保卫革命免受大小魔鬼的攻击，他借口去买面包离开了家，和一个朋友共同登上了开往前线的众多大巴之一。

在神选中我成为全校第一名的那些日子，法赫米德正在为霍拉姆沙赫尔城的自由而战。在他最后一场战斗中，他最好的朋友被一发炮弹击中，他把朋友背回了后方，接着又后撤守住阵地。他知道成千上万的兄弟都指望着他。在一队坦克朝着通往他所在战壕的隘道前进时，法赫米德看不出除了阻止队列中的第一辆坦克以外还有什么办法，他离开了自己的藏身之处，冒着枪林弹雨，迎着敌人前进。他的一条腿受伤了，摇摇晃晃地前进，倒下了，然后又艰难地站起来，继续前进，他没有向疼痛低头。对伊玛目霍梅尼的敬爱更加强大。他不能让霍梅尼失望：他必须阻止受到大魔鬼支持的小魔鬼。因此，他把一挂手榴弹系在肚子上，英勇无畏地喊了最后一遍“最伟大的安拉！霍梅尼是我们的向导！”然后冲到了坦克下面使它爆炸了。他的所作所为令伊拉克人相信我们将做出反击，这使得他们因为害怕被打败而撤了回去。这样一来，我们的弟兄们就得救了。

他的勇气和牺牲立即就在人间和天堂得到了回报。事实上，当法赫米德在先知和众伊玛目的怀抱中飞升之后几个小时，国家电台都中断了他们的节目，将年轻战士的所作所为通告全国，给全体伊朗人民上了关于生命的一课，而当他完成那些英雄壮举的时候，先知和众伊玛目都在天上仔细看着他，张开双臂等着欢迎他。现在，阿亚图拉·霍梅尼也当着我的面讲话赞颂了他，法赫米德，他有福了，他将不再是一个和其他人一样的普通烈士，而是杰出的民族英雄！

每天从前线传来的消息一点都不乐观，除了那个升入天堂的烈士。到春末夏初的时候，不仅是伊拉克的入侵，在国内也爆发了一场血腥的斗争。参加革命的人开始争吵，就连共和国总统和阿亚图拉·霍梅尼也产生了争执，因为总统总想按照自己的意愿做事，而未经伊玛目的允许，这样一来，到了最后，总统为了不被枪杀就只好逃到了国外。

我们在路上相遇的时候不再谈论政治，虽然每个人的观点和支持的政治团体对其他人来说已经非常清楚了。接着，寂静最终还是降临了，那天夜里，卫队的队员们带走了麦赫兰的哥哥巴赫拉姆。据说是矮个子侯赛因的大哥告发了他，因为这个人是整条街上唯一一个在卫队里服役的。巴赫拉姆之前更改了我们这条街道的名字。原本是个数字——我们本来是整个德黑兰唯一一个用数字作为街名的社区，就像纽约一样——巴赫拉姆用“人民圣战者组织”一位创立者的名字代替了它。他切下一块板子，用蓝色的油漆在上面写了他定下的新名字。他的活儿干得太漂亮了，看起来就跟市政当局换的一样。但是当“人民圣战者组织”的领导人跟着总统一起出逃的消息传来，对他们支持者的搜捕也就开始了。

在学校里，我感觉到两位老师之间的争执愈演愈烈，一头是宗教学、阿拉伯语和艺术老师米尔·哈桑尼先生，一头是科学课老师拉菲先生。他们互相看不顺眼，米尔·哈桑尼先生坚称我应该加入民兵队，为最后的战役做好准备；而拉菲先生则坚决认为，此刻最高贵的举动就是用我暑假的业余时间，去给他组织的文盲班教点数学课。他鼓励我读《古兰经》里的一些章节，这些内容在某种程度上和米尔·哈桑尼先生建议我背下来的东西有矛盾之处，米尔·哈桑尼先生建议的内容都是讲“圣战”和烈士的。

这么一来，我就不再确定我的使命究竟是加入民兵组织，还是通过志愿服务帮助别人；是拿起武器去捍卫祖国荣誉，把革命和伊斯兰带到全世界，还是努力学习更多关于信仰的知识，也许有一天，我也能成为一名精神导师。

在我内心和外界的混乱当中，正确的指引最终还是到来了，虽然对我的家庭来说，这是一场不折不扣的灾难。我的堂哥苏赫拉布，也就是我叔叔唯一的儿子，应征入伍上了前线，然后受了重伤。他被带回德黑兰的时候，任何治疗都已经太晚了，人们说他从头到脚都瘫痪了。他已经没了生命危险，但已经变成了一个整天流着口水、在自己身上便溺的躯壳，好像一个新生儿。

这是一场灾难，一种无法描述的折磨，我的心被吞噬了，我已经相信，世界上没有比看着自己的儿子、兄弟或者堂兄弟变成这样更令人伤心的事情。我的叔叔卖掉了所有心爱的鸽子，然后把它们的笼子送给了我，他每次用摩托车给我带过来几个。他在电话里对我口述一个长长的录像带名单，多得足够填满两个大包，让我给他准备好，然后他来取回。他把这些录像带放在黑市上卖，这就等于廉价出售了他的录像带收藏。我尽量地复制了一些电影，那几天别的事情什么都没干，一方面因自己的行为充满了罪恶感，另一方面又害怕再也不能看最喜欢的电影。叔叔需要钱，虽然所有的专家都持反对意见，但他坚信去英国能治好苏赫拉布。他不想投降，也没有投降，哪怕是在明显的事实面前。

对他致命的一击来自一位邻居的儿子，他也在前线受伤了，但受的是致命伤，因此成了一位烈士，而没有变成从战争中归来的植物人士兵。人们立即给那条街道换上了他的名字，葬礼持续了七天七夜，还在两个精致的小婚房[1]上贴了他的照片，放在街道两头，向所有路人宣示这个年轻人还没有结婚就成了烈士。小婚房装满了彩灯和镜子，吟唱《古兰经》的声音从录音带里传出来，令人颤抖。从任何角度来说这都是一位烈士，但同样的荣誉不归于苏赫拉布是不公平的。

在事故发生前，我堂哥每次放假回德黑兰都会给我带一把各种尺寸的子弹和弹壳。有了重样的我就把它们换出

[1] hejleh，精心装饰的婚房模型，依照伊朗习俗，如果青年早逝，此物常在葬礼上出现，表达对年轻人尚未结婚就已逝世的哀痛。

去：只要有耐心，总会有人拿出那些只存在于道听途说里的珍贵玩意儿。我喜欢苏赫拉布，特别是在他跟我开玩笑的时候，而且他爸爸还和我对赛鸽有着同样的热情，我觉得主不停止他所受的折磨、不让他成为烈士是不公平的。他配得上立即进入天堂，就像其他任何人一样。我把自己的弹药藏品卖掉了，然后把所有的钱都给了叔叔，说实话并不如我想象中多。

“可他怎么才能做好准备，怎么才能有那么大的勇气？”我终于把困扰了自己几个月的问题大声地说了出来。

“你记得那部电影《切·格瓦拉》吗？里边奥玛·沙里夫演切·格瓦拉，杰克·帕兰斯演菲德尔·卡斯特罗。那部电影是两年前诺鲁孜节[1]期间电视上放的，记得吗？”扎尔问我，那是史上唯一一部他看过而我没看过的电影。而且我叔叔连这片子的录像带都没有，我就不得不等着电视上重播了，考虑到切·格瓦拉是个共产主义者，谁知道什么时候才会播。

“我错过那片子了。怎么了？”

“里边有个一样的场景……坦克经过的时候他躺在底下，挂了一包手榴弹。他打了个滚脱身，然后坦克在十几

[1] Nowruz，伊朗的春节。

米外爆炸了……”

我看着他，想弄明白这怎么可能。

“因为有延迟，不是吗？”

“延迟？”

“炸弹有保险栓，这样。”他做了个拉掉保险栓的动作，好像我能透过从头到脚裹着他的睡袋看到他一样。“他没死。连擦伤都没有。他成了个继续战斗到底的传奇。要是连他也炸了后来就不可能……”

“但即使是这样……他们仍然有可能让他死掉……立刻就会。”

“谁啊？”

“后边坦克里的人。”

“没有后边的坦克。”扎尔一边回答我，一边努力回想更清晰的画面。

“有一队坦克在前进。据说他成功地阻止了一次致命的围攻，拯救了成百上千的弟兄。他是为了救他们而牺牲的。”

“你在说哪部电影？”

“电影？”

“你还在想法赫米德？”他厌烦地问。

我用瞧不起的神情看着他。

“他也许能阻止一队坦克，不过……要是咱们说实话，一队坦克，排成行，一辆接着一辆……如果他们排成一行的话，怎么能形成包围呢？如果我们再执拗一点……他并没有解放整个城市……”

“你会在地狱里燃烧！”我对他说，因为在有些话题上不能开玩笑，应该对那些付出牺牲、值得自己尊重的人保持敬意。

“为什么我会在地狱里燃烧？霍拉姆沙赫尔是不是还在伊拉克人手里？”

我用力点了点头表示“是”，同时也为了赶走一只停留在鼻子上的蚊子。

现在人们都知道，在前线，在霍拉姆沙赫尔附近和整个区域，天气热得要命，那里最阴险狡诈、最难以战胜的敌人并不是伊拉克人，而是白天的热度和晚上的蚊子。所以我和扎尔每天下午都悄悄出来自己训练。我们骑着自行车沿河前进，一直到一块沼泽地，我们顶着灼热的太阳钻进各自的睡袋里，在高温中磨练自己，特别是还要学会忍受和嗜血的蚊群共处。

“法赫米德炸掉的那辆坦克的黑匣子已经找到了，你知道吗？”扎尔又问我。

“黑匣子？”我惊讶地问，我以前从没听说过坦克像飞机一样也有黑匣子。“真的吗？”

“嗯，是真的。那里边录下了他跳出来之前说的话。”

“这我倒不知道……他说什么了？”

“哈吉长官，哈吉，别推！兄弟，哈吉，求你别推，要不我就会死在坦克下边！哈吉！哈吉！别推！别推！救命！！！”然后他控制不住地大笑起来，笑得全身发抖。

“你觉得这好玩吗？”我有点恼火地对他说。

“比你好玩多了，也比这些长着翅膀的吸血鬼好玩多了。见鬼，它们叮了我露在睡袋外边那仅有的一平方厘米皮肤！”

“脑子？”

“嘴唇，笨蛋。”

我写了两封信，一封很长，另一封很短。很难选出合适的词，尝试了无数次以后，我把最好的版本用漂亮的字体抄在一页有香味的纸上。最难写的是长的那封，写给索赫拉的，我在信里表明了爱意。给父母的那封信则简洁得多，我恳求他们原谅儿子过去的叛逆、好动，还有不断受到魔鬼的诱惑。我恳求他们，假如我有幸成了烈士，请宽恕我的罪过。我打算在我们出发后几天寄出给父母的那封信，给索赫拉的那封则要自己留着，免得让她的父母找她麻烦。我会在回来以后亲自把信给她，那时候，由于我的英雄壮举、我的所作所为、我的信仰，主就会实现他最伟大的奇迹之一：让我的堂哥恢复如初，就像之前奶奶那样。

但是接下来，诱惑就战胜了我的意志，叛逆天使一次又一次引诱我的五种感官未果之后，就诱导我去尝试一次性地纵容所有感官，那是我和索赫拉最后一次见面，独一无二又美妙无比。那个计划既邪恶又简单，在电影里总是有效：我会把信给她，她一边读一边泪流满面，读完最后一个句子，她就会扑到我身上求我别去参战，还会对我说她也爱我，从没有像这样爱过一个人。这时候我会把她推开，对她说我们不应该屈从于自己的软弱，否则，我就无法再为保卫和拯救祖国、信仰、革命而战，无法将它们从伊拉克人、阿拉伯人和全世界聚集起来想要消灭我们的异教徒手中拯救出来。这时候，她会完全崩溃，在无数个吻中对我说，她将永远等着我，而不愿意和其他任何人在一起。

我等待着合适的时机。就在我们出发前几天的一个下午，她知道我在阳台上和鸽子在一起，于是在院子里跳舞想让我欣赏。她抬起头正要看我，我就示意她过来，然后我翻过了两家之间的院墙。她让我进了屋，手指放在鼻子上让我保持安静，家里只有最小的弟弟们在睡觉。我们下楼到了她和扎尔的房间。在那儿，在一片寂静中，我还没来得及把信交给她，我们就握住了对方的手，眼睛盯着地面，因为我们都知道自己犯下了所有罪责中最重的一种。

钥匙在锁孔里转动的声音像一声霹雳般传来，我在被它劈成两半以前，膝盖颤抖着躲进了索赫拉的衣柜里，藏在她散发着香味的衣服中间。我脑子里的第一个想法是，如果她父母发现我在这儿，我就像待宰的羔羊一样死定了；第二个想法是他们读完我的信以后，一定想让我活过来再宰一次。我把信卷起来，塞进我坐着的那堆柔软的毛衣里。

“出什么事了？”我听到索赫拉在问别人。

“妈妈忘了这个。”是扎尔的声音。

我舒了口气，得救了。如果是他发现了我，就会和上次一样，给我一通拳打脚踢和臭骂，然后几个月之内他都板着脸，不跟我说话。

“你怎么满脸发红还喘着气？”扎尔问她。

“我刚才在跳绳。”

“热成这样还跳？你真是疯了，我的小妹妹。回头见！”

“回头见！”

我一听到房门关上就从衣柜里溜了出来。一定是主派了扎尔来救我，因为他想让我快点离开那里，而且是以处子之身。

日落时分，把鸽子关进鸽笼之前，我在逗弄它们，这时候爸爸到阳台上来找我。他一只手捏着我给索赫拉写的信，信纸卷着，另一只手握着他裤子上的皮带。

“你想让你妈再犯一次心脏病吗？”他一边问我，一边扬起没拿信的那只手，高举在空中。

二

“谁先逃跑谁就输。”我向扎尔发起挑战。

“行！”

“……”

“……”

“它每一步都在发抖。”

“发抖？可是它走起来好像……好像世界之王。”

“是吗？那是因为它还没看见我们。我们把它吓得……”

“它现在就会跳到我们身上把我俩全杀死。”他打断了我的话。

“如果它发起进攻，我们就包围它，然后……”

“安静！安静！它跳起来了……快给我，它朝我过来了。”

“你要是跑了可就输了！”

“……”

“你想看我逼它自杀吗？”

“听着，我们丢下它吧！我们来这儿是为了……”

“告诉我你想看！”我坚持着。

“……”

"相信我……你要知道我已经逼着多少个自杀了。"

"多少？"他问道，看得出鸡皮疙瘩已经起到了鼻子底下。

"好多好多好多。"

"三个？"

"还是个傻瓜。我跟你说，已经无数次了。"

"在哪儿？我倒想听听。"

"在我爷爷家的乡下。"

"在你爷爷家的乡下有你没干过的事吗？"扎尔边问边努力地想要笑出来，拿我开玩笑，尽管他怕得要命。然后他问："啊！我该怎么办？"

"告诉我你想看，否则要么它倒霉要么就是我们。"

"哪是我们！它会弄死我，才不是你。"

"那我们各管各的？"

"快让它停！做点什么啊！"尽管日光灼人，但扎尔还是冒着冷汗，在沙石上爬行着后撤。

"你认输吗？"

"我走了。如果他们朝我开枪，那就赖你，虐待狂。"扎尔从地上爬起来，准备四肢并用地离开我。

"在万事中都有主的安排，不是吗？"我抓住他的胳膊说。

"放开我！"

“有没有主的安排？”

“此时此刻主让我离开你。再见了！”

“看着点，也学着点！”我一边对他说，一边从制服上的两百个兜里找到一个，抽出一瓶用来点灯的酒精，这是我从训练营里偷出来的。我朝着扎尔晃了晃瓶子里的液体。“看仔细了……每个洞里都有一只，也许你能救什么人的命呢。”

“如果那个人是你……”

“伙计！”我把手放在他肩膀上，用嘲笑的声音说，“看吧！”

我拔下瓶塞，迅速而精确地用酒精画了一个完美的圆圈。然后一甩手腕点燃了一根火柴，噗的一声，两股半圆形的火焰连成了一个环形。

这样一来，只一瞬，那只蝎子就被火墙困住了。它尝试每一个可能的逃生方向。然后停在地狱的中央，转了最后一圈，确认没有别的办法了。

蝎子高傲而凶猛，迈着和被包围之前一样的步伐，朝天空扬起了它那致命的蜇针，然后用一个快得难以察觉的动作，猛烈地落下，插进了它自己的脖颈中。它又重复了一遍那个动作，动作熟练得好似经过训练，但这一次带上了更多的怒气，像疯了一样。接着它就停住了，很显然失去了生命力，它轻微抽动了一下，仿佛最后一朵火焰在彻底熄灭之前跳离地面。它就这样在我们入迷的目光里永远不动了。

“你看见了吗？”我催促着扎尔喝彩，可他没有。我还没来得及再次鼓动他，就有一只沾满了灰的脏靴子踩到了我的战果上。

我抬起头，用愤怒的目光去看是谁穿着这双靴子破坏了整个杰作，我看到了膝盖，再往上是莫赫森弟兄的脸，他蹲在那儿，全身的重量都压在我的蝎子上，就好像要大便一样。他是无数个副指挥官之一，不仅要参加战斗，还要无数次来来回回地穿过战壕，分配各种要做的事情，为所有人找出各种各样的由头，比如破坏我对动物面对火的行为研究。

“你俩到底在这儿干什么？”

“研究生物学？”我回答道，一边想要趁他不注意把酒精瓶子装回口袋里。

“其实是动物学。”扎尔纠正我。

“你们以为禁止抽烟只是因为味道吗？”

“不是。因为抽烟有害健康。”我回答道，借着掸灰把小瓶子塞进了一个衣兜里。

“因为如果有烟雾，他们就会看见我们。”扎尔答道。

“说得好！”莫赫森弟兄肯定了他的答案。“同样也因为有害健康……主禁止一切有损于我们身体的事情。”

“就像我说的一样，”我脸上的肌肉放松下来，朝扎尔炫耀，“就像……就像朝自己开枪也是被禁止的一样。”

“你往口袋里装了什么？”莫赫森弟兄严厉地问我。

“谁？我？”

“对，弟兄，你。把那些烟给我。”

我摇了摇头，把手揣进兜里，抽出了写着“最伟大的安拉”的绿色布条，那是我们坐上志愿军的大巴离开德黑兰的时候，人们送给我的。“不是烟，莫赫森弟兄你看，这是我在民兵先锋队的绷带……我刚才把它拿在手里，以防那只蝎子咬了我的朋友扎尔。”

“有谁让你觉得我喜欢开玩笑吗，兄弟？”他把手放在膝盖上站起来，后背仍然小心地弓着，然后用手示意我跟上他。“快！让我看看另一个口袋里有什么！你叫什么，弟兄？”

“大流士。”

“大流士，姓什么？快点，弟兄，还在等什么？站起来翻出口袋！”

“大流士……”正在我要服从的时候，我听到远处传来一声枪响。莫赫森弟兄立即沉重地倒在了我和扎尔之间的地上，还维持着一种极不自然的姿势，好像他的四肢瘫软下来了。有那么一瞬间他的身体颤抖着，那是一种迅速而深沉的颤抖，仿佛死神正在剥走他的灵魂，以便立即带去天堂。他最后痉挛了一下，然后尿在了自己身上。然后，他再没有痛苦，永远地变成了烈士，也不知是因为我的过错还是因为我的帮助。

我和扎尔张着嘴，这个表情一直留在脸上，哪怕在我们突然起身跨过他变形的尸体、看到彼此充满恐惧的眼睛时也没变。

“你对他做了什么？”扎尔朝我吼道。

“我？我什么都没干。”

“你杀了他。”他慢慢地说。

“你疯了吗？不是我开的枪。”

“但就是。你和……”

我没有听到下半句话，因为一阵暴风骤雨般的炮击开始从四面八方袭来，像块裹尸布一样把我们席卷其中。我们退后了几米，主要是为了离开莫赫森弟兄的遗体。

“你到底干了些什么？看，都怪你……”扎尔在我耳朵边喊，而我在用以前背下来的阿拉伯语低声祈祷，希望我们上前线的第一天能毫发无损地离开。我摇了摇头表示自己是无辜的，并没有停止对主的恳求，这时候另一发迫击炮弹落在离我们很近的地方。一块尖锐的碎片刺穿了我的靴子，猛戳进我的右脚踝里。我忍着疼痛，完全遵照我们在训练营里学到的方法，以便向敌人展示我们的信仰使我们免遭痛苦，但不管怎么努力，不管动用多大意志力，都无法控制住自己，我像一只关在笼子里的乌鸦一样尖叫起来。

我们从德黑兰出发以后，经过几个小时的旅途才来到训练营。一到那儿，我们就按年龄被分成几组，我和扎尔这个年龄的人最多。然后，我们又被进一步分成小组，大致是按身高划分的，每个小组都安排了训导弟兄，他们的职责是让我们为战士的角色做好准备，为了伊斯兰，为了伊玛目霍梅尼，也为了革命和祖国。

所有训导员里，最凶的就是体能训导员，哈比弟兄。在强迫我们吃了好几公斤灰以后，如果有人因为体力不支而退缩，他就能把人骂到哭。他会指责这个人对伊玛目霍梅尼的信仰和敬爱不够坚定。他会指认这个人作为不服从的例子，说这个人没有让自己的灵魂变得足够强大，因此才觉得身体成了负担或障碍。但是在责骂过后，哈比弟兄总会宣布休息，然后跑去为所有人拿水，帮着当天的倒霉鬼进宿舍，公开向他道歉，还把肩膀借给他。

我非常尊敬哈比弟兄，但是我讨厌他所用的方法，因为他总是冲着最弱小的人发火，让他们经受这些以展现他自己比别人更有价值、更忠于信仰。

第三天下午，他让我们做了极限屈体练习。他管第一个掉下来的人叫美国人。第二个叫英国人，以此类推。当全世界大部分国家都气喘吁吁地坐在地上时，他指责这些人参与了异教徒的联盟，是对伊斯兰共和国实行禁运和侵略的拥护者。只有到这时候，那些被辱骂的人当中才出现第一个，很快又像弹簧一样一个接一个地跳起来，让他不要再责骂大家。他叫喊着回答说，如果他们是有信仰有荣誉感的人，就应该表现给他看，和其他人一起再做五次屈体练习，而且正如伊玛目霍梅尼所说，这场战争是主对我们的考验，是主对我们人民的馈赠，为了通过这场考验我们应该变得更顽强，我们的身体应当燃烧，以便让灵魂得到锤炼。这样一来，他又让在场的所有人多做了五次屈体练习。

训练营里的毛拉非常和善，他总是力图用那些小故事让大家振奋，不过只有在晨祷和午祷时才这样。到了晚上，他就变得非常严肃和阴郁，能让所有人都哭起来，他总是反复讲我们来这里的目的，就好像我们不知道似的。除了让我们警惕那些受魔鬼力量支持、想要颠覆我们伊斯兰共和国的伊拉克人，他还低声吟唱伊玛目侯赛因、他的军队以及他牺牲的事迹，在大伙的眼泪中，他祝贺了我们所有人，因为过不了多久，我们就会解放深爱的祖国的土地，然后更重要的是，我们还会解放伊玛目侯赛因曾经战斗过的土地，他那被砍掉头颅的躯体仍然埋在那里，埋在那片被伊拉克逊尼派盗贼们扣留的土地上。

毛拉通常用一些最值得敬仰的弟兄的故事结束宣讲，这些弟兄在殉教的前一晚梦到这个或者那个伊玛目呼唤他们来自己身边，或者收到最喜爱的伊玛目在他们额上留下的一个吻，或者在天堂的大门前受到欢迎，最受爱戴的伊玛目在那里把他们裹在斗篷下，带着他们进去。最后，毛拉要求我们大家把头靠在地面上，以这样一种谦卑的姿态和主对话，这样一来，我们这位和蔼的毛拉就能安心地回去睡觉了。

我开始对注定的命运产生一丝怀疑，不再能够确切地分辨哪条路是我该走的，哪条是应该避免的。这是一支由我的同龄人组成的军队，还有许许多多的人甚至比侯赛因·法赫米德还小。很多人显然比我更精通关于信仰的问题。大多数人都来自偏僻而贫穷的伊朗乡村。他们看起来像是钢铁制成的，田地里的农活儿让他们变得非常强壮。其他人，比如我和扎尔，来自大城市或者就是德黑兰，我们这些人想方设法地捍卫首都的荣誉，尽管我们实际上都不能算百分之百的德黑兰人，因为几乎每个人都是移民的后代。

生长在大都市的人当中，有一些熟知战争的艺术，从功夫到空手道，从摔跤到拳击。那都是在健身房里经年习得的真东西，和我笨拙地模仿李小龙或者拳王阿里的慢镜头动作完全不一样，他们的喊声也丝毫不像我在打中空气之前发出的猫叫声。

踢足球的时候，难以击败的人多得数都数不清。有几个人应该立刻被送进国家队踢球，或者去我最心爱的球队波斯波利斯踢。那都是我从没见过的偶像级人物。他们能用身体的任何部位颠球，球永远不会落地，他们还能一边颠球一边绕球场跑几圈。

在军事训练中，我还能勉强应付，但是射击不行，事实证明我在射击场是个草包。第一次练习的时候，尽管我已经有多年打气枪的经验，也知道怎么用瞄准器，但还是连画着靶的板子都没对准。在限时突击拆卸和组装步枪的时候我却表现得非常出色，进了前二十名，确切地说是第十九名。

至于对《古兰经》的了解，有个人把整本都背了下来。这简直难以置信，因为他都不会说阿拉伯语，只是有着惊人的记忆力。你只要对他说章节的数字，他就能像看着一本隐形的经书一样背诵出来。另一个人在讨论任何话题的时候都能引用圣训，而且每条圣训都能说出来源，哪本书，哪一页，还有是哪个事件使得先知或者伊玛目说出了那个警句。

和这些孩子相比，我和扎尔就是懒惰的普通人。我们不得不对扎尔下棋的水平保持沉默，因为革命之后下棋被禁止了，谁也不知道现在仍然被禁还是稍微放松了一点，同样不知道下棋算不算浪费时间和脑力。我对鸽子的热情就更别提了，因为那早在革命前就被当作犯罪行为。

无论如何，这里萦绕着友爱的气息，萦绕着一种利他主义精神和牺牲精神，以至于第四天结束以后，在像盒子里的彩色铅笔一样一个挨一个睡在一起的那些夜晚过后，比我们早到营地的那拨民兵志愿军出发去前线的时候，仿佛是全世界最亲的人永远离开了我们。送别他们的时候可以毫不含糊地感觉到他们成为烈士的愿望，加上那种除非到天堂否则再也不会相见的感觉，令人十分悲伤。但是与此同时我们又充满了嫉妒，因为我们还在等待着得到评判，来证明已经对牺牲做好了准备，还有，那些天我们一直被体能训导员压榨。作为回报，战场变得生动起来，而且我们睡觉的时候破天荒地不必再看到旁边伙伴的脚或者胳膊肘进了自己的嘴。

和我们之前的那拨人不同，我们是在夜里出发的，那是两天以后的日落时分。出发前他们给我们发了一条用来系到脖子上的细链，上边拴着进入天堂的钥匙和一块刻着识别码的金属牌。

在大巴上有人陪了我们一段路，然后让我们下车，再登上十几辆敞篷货运汽车，这些车载着我们开往不同的方向，去往需要我们这股新力量的地方。为了鼓励我们，沿途都竖立着牌子，上边写着各式各样的标语：从“萨达姆和美国去死”到“为伊玛目霍梅尼祈祷”，“每天都是阿舒拉日，到处都是卡尔巴拉”[1]“微笑吧兄弟”之类的都有。

[1] 此处指公元680年的卡尔巴拉战役。此役中，伊玛目侯赛因及其战友寡不敌众，全部牺牲。后来穆斯林在阿舒拉日为他们举行悼念活动。

午夜时分，我们下了车，然后沿着地上两条用石灰画出的白线走了好几个小时，这两条白线穿过一片雷区，这是最年轻的弟兄们刚刚用他们的牺牲探查出来的。到处都是爆炸过的地雷炸出的坑，如果仔细看，还能在黑暗中辨认出牺牲者被抛出很远的躯体（因此想要把他们接回来再给予合适的安葬是极度危险的）。

当我们都筋疲力尽、脚步开始敌不过困意的时候，我们得到允许休息了一小会儿。然后又重新上路，直到抵达最前线，在那里，也不知是怎么运过来的铲土机正利用最后一点黑暗修建屏障，这道屏障长达几千米，这样我们就能抵挡伊拉克人的反击，而伤员和牺牲者可以被运回来，战斗了几天的弟兄们能够稍微恢复一下体力。

在黎明时分，祷告过后，还未完全升起的太阳散发出朦胧的日光，指挥官在我们面前亮相了，他就是哈吉[1]穆罕默德长官。他长着一张圆脸，好像主一时任性把圆规的尖放在他鼻子上画出来的，他从眉毛以下就长着胡子，不过相应地，虽然年纪不算大，头顶却没有一根头发。他穿着一身简单的军服，不佩戴军衔、奖章或者其他无用之物，左手还缺大拇指和中指。他先把我们分成几组，然后给每个组指派了一个他的副手，让他们负责一切事务——我们

[1] haji，对曾经完成麦加朝觐的穆斯林的尊称。

分到的是莫赫森弟兄。接着他告诉我们，从前一天晚上开始，塔里格 - 戈兹行动就在进行中了，他要是没对我们说“塔里格 - 戈兹”的意思是耶路撒冷之路，几乎没人能理解这个行动的阿拉伯语名字。

“我们不是应该先解放霍拉姆沙赫尔和卡尔巴拉吗？”我本来想问他，但还是忍住了。

接着他给我们讲了一连串有用的建议，免得我们被脚踹屁股踢回去。首先就在阵地上时，所有人在任何时间都绝对禁止吸烟，我们将来也不许再吸烟。他对我们解释说，在推土机修建的屏障那一边，伊拉克人遭到了羞辱，被迫在刚刚过去的夜里撤退了。那些混蛋在撤退的时候埋了地雷，因此我们必须非常小心，更别提他们的狙击手决不允许我们有丝毫疏忽。另外他还让我们警惕在这个地区肆虐的蛇和蝎子，建议我们不要脱掉头盔和靴子，除非过一会儿想在里边找到惊喜。

总而言之，如果要遵从伊玛目霍梅尼，并对他提出的保持战争热度的要求充满信念，我们所要做的就是在胆小懦弱的敌人面前无所畏惧、大胆行动、积极参与，听从更老练的弟兄所下的命令，并且不断祈祷。只有这样，我们当中最值得赞扬的人才会成为烈士，最先在天堂拥抱先知。我们在场的每一个人都觉得自己配得上这样的荣誉。

最后，穆罕默德弟兄给每个组发了一些铲子用来挖洞，我们将不分日夜地在洞里轮换和休息。我和扎尔得到的命令是给屏障上面一处相当长的矮墙挖岗哨，离伙伴们非常远。我们一直挖到中午，然后做了祷告，吃了我们带的东西。要到达我们背后的掩体就必须弯下腰或者在地面爬行，因为挖掘机有时候没来得及完成加高，就继续前往下一处了。

“他们击中你了吗？你受伤了吗？”扎尔焦急万分地问我。

“烫。烫。烫。”我本想解开鞋带脱掉靴子，却把结系得更紧了。“帮帮我。烫死了。”我冲他喊。

扎尔抽出刺刀，在地上一滑抓住了我乱踢的腿，然后从下往上强行划开了鞋带上所有的X形结。他提起我的靴子，不顾烧到手指，取出了还在冒烟的碎片。他慢慢地脱下我穿着的袜子，打开他的行军水壶，把里边所有的水都倒在我的伤口上。这是短暂而珍贵的慰藉。

“你的脚能动吗？”

我试着转了转脚踝。“嗯，能动。有点不舒服，不过……老天，烫得厉害。”

他从衣兜里拽出一个装着医用绷带的袋子，然后把绷带展开裹在我脚踝周围。

“你从哪儿拿的？”

“我从家里带来的。”

“最伟大的安拉！莫赫森弟兄也受伤了。”贾瓦德弟兄说，他是指挥官的得力助手，说话带着浓重的伊斯法罕[1]口音。他正在巡查，以便用无线电向总司令汇报，这个时候他的呼叫险些把我们吓死，因为我们周围不断有迫击炮弹落下。

“莫赫森弟兄已经……”扎尔回答说，“已经……”

“主带领他归于荣耀！你受伤了吗？”他看着我那赤裸的、裹着绷带的脚。

“只不过是一块碎片插进了脚踝里，弟兄。主觉得我还不应该去他身边。”我说明了情况，试图安慰他。

“弟兄，跟我来，还有其他的伤员。”他转头对扎尔说。

“我不是护士，我就只有这条绷带，没别的了。”扎尔强调，这时贾瓦德已经跑着离开了。

“弟兄，不管怎么说，跟我来！”贾瓦德命令道，“你回去守着阵地。”

“我？”

“你还等什么？跑起来！回去朝着任何想要靠近的东西开枪！”贾瓦德说，“你跟我来！”他再次呼唤扎尔，俯身前行，几乎是在匍匐前进。

---

[1] 伊朗中部重要城市。

扎尔看着我的脚，然后看着我的眼睛，想对我说些什么。他把步枪背在背上，最后只说了这几个字：“我走了。再见！”

我平躺着，目光一直追随着他们的身影，直到他们消失在灰尘和硝烟的雾气中。当爆炸的回响稍有片刻停歇，我听到远处有人大声吼道：“听到喊‘哦，侯赛因’我们就起来进攻！”紧跟着就是指挥官本人的声音通过喇叭向所有人下命令，不准动，继续开火不要出去，我们的护士会努力营救所有的伤员。总之，我们必须守住阵地，以便在我们后方几公里外的大炮能够安置好，来提供必要的支持。

我伸长胳膊在地面摸索，找到袜子和靴子，然后迅速套上，它们在伤口的位置都破了洞。我把靴子撑开了一点，用刺刀尖把皮挑破，因为它压得太紧了。我找回剩下的鞋带，尽我所能把靴子固定好。

炮弹和手榴弹的呼啸声再次迫近天空，先把它撕得粉碎，接着让它落在我周围。我身下的大地在颤抖，我像是躺在疾驰的火车顶上，或者是在一个音量全开的立体声音响上。

我用力朝着步枪的扳机和击锤吹气，把灰尘吹走，拉开保险，然后深吸一口气念出了一句祷词：“奉宽厚仁慈的主的名义！”我几乎爬到了土堆的顶端，正是这个土堆保护我免受伊拉克人的袭击，这儿离莫赫森弟兄被碎石和灰尘覆盖的尸体已经够远了。

就在我用戴着头盔的前额去触及瓦砾，给自己勇气时，我用眼角的余光看到莫赫森弟兄的遗体朝低处滑落。我吓得跳起来，然后看到贾瓦德弟兄正抓着他的脚拖拽。

“他去哪儿了？”

“谁？”

“扎尔，我的朋友。”我朝他喊。

“我不知道。”

“你把他带走的。他在哪儿？我一个人……在这儿干什么？”

“睡个好觉。”他回答说。

“什么？”

“你来前线干什么？待在那儿开枪！开枪！愿主保佑你！开枪！”

“那扎尔呢？”

一阵嗖嗖声传来，炮弹还没有落地。他用胳膊护住头，像胎儿一样蜷缩起来，我立刻模仿他的姿势。爆炸产生的石头和沙砾朝我飞来，仿佛想把我活埋起来。这阵砂石雨刚一停下，灰尘尚在空气中飞舞，我就稍稍抬起头寻找贾瓦德弟兄。泥土在我的牙齿间吱嘎作响，嘴里因为恐惧而变得很干。我用拳头蹭了蹭眼睛，因为眼睛在灼痛，我用全身的力气喊：“贾瓦德长官？”但他没有答应。我继续喊："弟兄？贾瓦德？"一片寂静。我重新睁开眼睛，大片尘土略微消散。离我几步之外，就是贾瓦德弟兄和莫赫森弟兄刚才在的地方，出现了一个巨大的坑，更令人毛骨悚然的是，我有了三条腿。

直到一块石头猛戳向后背，我疼得屏住了呼吸，这才惊骇万分地迅速翻滚到旁边，简直像德拉库拉公爵[1]趴在我身上。

这时候，我张大嘴看着重新出现的天空，努力想找到证据说服自己，刚才已经发生的事情都是真的。我恢复了呼吸，感觉到有个柔软的东西，像花园里用的橡皮管一样又滑又长，摇摆着从下往上沿着我的后背滑行。我猛地转过身去看是什么东西，并本能地从腰带上抽出行军水壶，用尽全力把它扔向远处，跟着水壶一起被抛出去的还有一条湿冷黏滑的蛇，它蜷曲在水壶套里，牙齿深嵌其中。

我把脸埋在手里，任由自己哭了一会儿。但很快，我就打了自己一记耳光，重新冷静下来，然后爬回第三条腿那儿想要找回我的步枪。我环顾左右试图寻找其他弟兄，但空中的尘埃实在太多，很难辨别出他们的轮廓。他们鼓舞的喊叫声给了我勇气，RPG-7式火箭筒发射的声音和闪光毫无疑问地证实了我们在反击。

[1] 传说中的吸血鬼，众多影视作品的主角。

我用胳膊肘支撑着爬行，一直爬到那个土堆顶端，然后像在电影里看到的那样，摘下头盔挂在步枪上，并把顶着头盔的枪抬起来，以便让敌人看到。射击仍在继续，但不再朝着我本人的方向打过来。我把东西放好，斜着向地面移动，以免撞上某个跟我看过同一部电影的伊拉克人，最后我终于能抬起头去看敌人的状况了。

太阳已经走完了它在天空中四分之三的路程，却仍然精力充沛。刺眼的阳光照射在干涸的平原上，根本不管那些在它所辖范围里的人所施的诡计。给我提供庇护的那道屏障的另一边，本该是那群向我们不断射击的伊拉克人所在的地方，却好像有一片无尽的光海。那是一个难以直视的反射源，晃得我完全睁不开眼睛。

我继续斜向匍匐前进，同时留意确保再没有活物移动。我又用拳头揉了揉眼睛，想看清楚那圈像熔铅一样的东西是从哪儿来的。我不得不用拳头擦了好几次眼睛，才确定伊拉克人的坦克正朝我们开来，掩护着他们的士兵不断前进，就好像在玩捉迷藏一样。

死定了的念头出现在我脑海里，正像我最后一次去和索赫拉告别时一样，我的胃拧在一起，双手也像那一次一样变得冰凉。

我回头望向我们的队伍，想看看在这不断落下的炮火中我们是怎么组织的。我们的行动混乱而令人迷惑，有人在难以辨认的喊叫声中四下逃散，也有枪和火箭炮从我们的阵地发射出来。我不知道该怎么办，也不知道该模仿哪一种行动。

我用手拂开几把土，以便放置步枪。我试着逆光瞄准坦克还有那些跟在后边跑的人。距离太远了，没法击中目标。我必须等他们靠近，否则不等我开第一枪，他们就会先击中我。

“大流士？大流士？大流士？”我听到背后有人叫我。

“扎尔？”

“走开！快跑！我们要撤退。”

我在地上滑到他旁边。“我们要撤退？”我又问了一次，确定自己在一片混乱中没有听错。

“我们先引敌人前进，然后我们的炮兵就会轰平这块地方。”

“那我们呢？”

“跑啊！我们得互相掩护。我来掩护你。”

“谁跟你说的？”

“能跑多快就跑多快！”

“你快跑，要救你自己！”必须这么说，这句话我在电影里听了不知多少次，直接脱口而出。自从我俩成为朋友，扎尔破天荒第一次立即听从了我的话，他开始沿之字形逃离，就像心电图屏幕上的小点似的。

我的脚踝还在灼痛，跟不上他的脚步，其他人都消失在地平线上，好像被大地吞没了，扎尔夹杂在那些人中间离开了我的视线。我俯下身，一瘸一拐地走着，沿着炮弹留下的弹坑前行：听人说同一个地点很少被连续击中两次，依照坐标发射的重炮不算在内。

走了几百米，经过好几个被击中两次的弹坑，我感觉到喉咙里充满了恐惧的腐臭气息。我回头去看但没有停步，看到一辆坦克从刚刚还掩护了我们的土堆上露头。我在脚伤许可的范围内尽力加快了脚步，又看了第二眼，更多的坦克正沿着我们的整条防线冒出来，一辆挨着一辆，准备向我们冲过来，准备彻底消灭我们。

我趴在一个男孩身边，他藏在一个像是用手挖出的坑里，但我不由得尖叫出声，因为他的脑袋已经成了一团糨糊，就像威廉·退尔[1]射中的苹果一样。我打了个滚离开那个坑，但已经动不了了，既没法站起来也没法跑开。扎尔所说的炮兵支援并没有出现，伊拉克人很轻易地就能杀死我这样像老鼠一样找坑洞藏身的人。

我伸出胳膊，把那个男孩的尸体拉出来，自己躺进他刚才的位置。

---

[1] 威廉·退尔，瑞士民间传说中的英雄，罗西尼同名歌剧的主角。总督强迫他用箭射落儿子头上的苹果，退尔成功射中。

当那些坦克已经近得让大地震动时，我闭上眼睛，我向死去的男孩伸出手，用他的血弄脏了我的手，然后抹在衣服和脸上，重新躺下。当坦克的轰鸣声到达几米以外时，我像盖被子一样把那具冰冷僵硬的尸体拉到自己身上当作盾牌，并且开始回想我在一生中打算做的那些事：娶索赫拉，或者成为伊朗最著名的演员，要比法尔丁、贝洛兹·沃素吉和纳赛尔·马拉克·莫提这些伊朗影星都更有名。

我祈祷能活下来，因为那些事情都有可能实现，这时一辆坦克遮蔽了我头顶的天空，这个坑的边缘有些塌陷，我和身上的男孩被土石覆盖了。我在男孩的重压之下、灰尘之中艰难地呼吸。我清楚地听到伊拉克人在用阿拉伯语互相吼着什么，然后就是冲锋枪射击的声音。我还听到受伤的弟兄们发出哀号，他们大概像我一样藏起来了，在每一阵扫射之后都安静不少。

经过一段漫长无比的时间，枪声渐渐远去。这时候，我非常缓慢地移开了那个男孩的尸体，但还是没有勇气抬头去看扎尔和其他人怎么样了。也许我应该一动不动地待在那儿，直到夜幕降临，然后试着通过前一天晚上我们到这儿时穿越的雷区，回到自己人那里。我肯定是要成烈士了，只是什么用处都没有。但是接下来，我听到有人高喊着报出了几个坐标，就像有个天使在用波斯语给主报数，很快又有另一个声音，这次是通过喇叭，以“最伟大的安拉”作为回应，一眨眼就又响起一声爆炸。每当响起爆炸声，那个天使的声音就重复一遍“霍梅尼是我们的领袖”，或者“打倒萨达姆”，以便让我们的炮兵知道是击中了目标还是错过了目标。

坦克一辆接一辆地爆炸了，伊拉克人四散奔逃却无路可退。我感觉到内心充满了从未有过的勇气，学着别人拿回了刚刚被埋的一个弟兄的步枪，也开始捕杀那群背信的侵略者。空气中弥漫着硫黄的味道，它带着魔力，既令人厌恶又充满诱惑。

在小汽艇上，我们一共有七个人，像蒜瓣似的一个贴一个坐在一起。唯一一个坐得舒服的是船尾甲板上的弟兄，他沉默寡言，非常清楚汽艇的引擎有多吵，因此很狡猾地在途中避免了声嘶力竭地说话。把我们卸下以后，他就会回去运送其他支援力量。他屁股靠在两桶满满的汽油上，不动声色地掌控着方向，很可能仅仅依靠星星来辨别，因为并没有其他能指明航线的东西。

我们高速前进，尽管承载着我们的体重，还有身后背着的那些武器，但海浪还是被温柔地劈开，仿佛轻推着我们驶向目的地。海风特别凉爽，强劲地吹进嘴里和鼻孔里，也在脸上和手上锐利地划过。

每个人都把自己的背包紧紧地抱在胸前，而且各自的

G3 自动步枪都覆盖着一个长长的垃圾袋。所有人都盯着地平线上的一个点，免得因为海浪起伏而晕船。我和扎尔都是第一次在开阔海域中航行，但我们都小心地保守这个秘密，反正也没人问。关键是要会游泳，我俩和兄弟姐妹们在革命前经常去河另一边的体育场，从家到那儿还隔着几个建筑群，在河的另一边。那是个巨大的综合性体育场：有打网球和打羽毛球用的土场，有一个大厅里安置了很多桌上足球和台球桌，尽头还有个大游泳池，周围有大片的草坪、树木和躺椅。我们经常在早晨聚齐，然后一起去那里，因为早晨只允许学生入场，我们绝对要躲开下午，还有最糟糕的星期五，因为在那个时间段，要跳进那个人肉池里或者游会儿泳，简直是个壮举。这个体育场真正浓缩了整个伊朗：不同的语言，不同的民族，各种各样的肤色，这些通常很难互相融合。

正是在那个公共游泳池里，我学会了游泳。姐姐把我留在深水区，而且没戴着我那个不离身的蓝绿色硬塑料救生圈。我在踩着台阶出水前，根本没有意识到没戴着它，然后我刚一发现就高兴地大喊起来，游泳池里的人被吓得不轻，差点淹死我。虽说只是狗刨，但我还是学会了游泳。从那时候起我就再也不用救生圈了，这是个事关荣誉和威望的问题。

突然，我的胃从肚子里连根拔起，穿过整条食道，在喉咙里就要探头。一枚照明弹升了起来，位置离我们不算远。这颗人造小彗星把天空和周围的海域照得如同白昼，给我们引来了一阵炽热的弹雨，仿佛地狱的火星，只有在落入水面时才平静下来。

我们的艇上指挥官猛地转弯来确保我们的安全，我的心跳和思想还没来得及跟上，小汽艇就像失去控制的汽车一样倾斜过来，横着迎上了一道海浪，然后翻了。

我找不到背包，也找不到枪——我那么仔细地把它包起来以免被打湿——我在水里挣扎着避免呛到。我从来没有穿着衣服游过泳，何况衣兜里还装满了各种东西，更没有穿着靴子游过。我好像在移动的沙堆里挣扎。我努力脱靴子和夹克，想要漂浮起来，但没法不喝水，而且每一口都比前一口更咸更苦，我的眼睛也开始灼痛，好像跳进了充满洗发香波的浴缸。

我刚刚挣脱衣服，终于能少吞几口那恶心的“大地之汗”[1]，第二颗照明弹就出现了。我们的船翻了个底朝天，船壳朝向繁星闪烁的天空，在水面漂浮着。几个弟兄脸朝下躺在水里，还有一个受了伤的恳求扎尔去救他，因为他在喊叫，所以既有可能因为受伤而死，也有可能淹死。另外两个人则把步枪绑在头顶游远了。他们向着一片巨大的

---

[1] 指海水。

阴影游去，那是高耸在波斯湾的一个庞然大物，窗口有狙击手在不停地射击。

我先是游向一个漂浮的弟兄，然后游向另一个，去救他们。我翻过来的第一个人是汽艇的驾驶员，他已经没了生命迹象；另一个是马苏德弟兄不完整的遗体，他身材高大，总是笑着，我们在到达前线的第二天就认识了。他也来自德黑兰，还和我们是同一个区的。虽说他比我俩稍微大一点，但我们还是很快就有了不错的交情。他成了我们的大哥，还去请求和我们在同一班执勤，这样我们就能互道家长里短，邻里关系。他时不时跟我们分享好吃的，据他说是从家里带来的。我们向他承认，我们两个是偷偷跑出来上前线的，他非常理解，甚至还赞扬了我们，对我们说这是正确的选择，而且他也没有像我们担心的那样，劝我们给家里打电话让父母安心。

全靠了他，我们才能登上那艘汽艇。当他通过无线电收到前往波斯湾被占岛屿的命令时，就带上了我们，那些岛离我们所在的位置并不算远。他向负责人询问能不能带上两个同乡的弟兄，过了几个小时我们就一起迎风上路了。军用吉普一路疾驰，在我们背后扬起一道桀骜不驯的灰尘。

马苏德弟兄不应当这样死去，不应当还没战斗就死去。我甚至都不需要靠近就知道那是他：他的头被上一颗照明弹发出的光照亮，漂浮在我身边，脸对着天空，离他的身体有一段距离。

我又喊了几遍才让扎尔听到我的声音，他正和受伤的弟兄在一起。

“我们在这儿！在船旁边。”他大喊着回答道。

正是脑海里那幅翻船的画面让我产生了一个可怕的想法，一道闪电后边紧跟着一段旋律，清楚地在我耳朵里响起：叮，叮，叮，叮，叮，叮……

我被困在这种恐惧中，可能在巧遇怪物之前就会心脏病发作而死。我加快了划水的动作想要尽早游到扎尔身边。我想，也许只要我们互相帮助，就能爬上船体并躲在那里。已经有两个人死去，一个人受伤，从他声嘶力竭的喊叫声判断，也许已经像那两个人一样受了伤：一共三个人贡献了鲜血，而这鲜血会召集波斯湾所有的野兽。在斯皮尔伯格导演的《大白鲨》里，一条就足以散布恐慌。

那部电影把我吓得实在不轻，后来即使在游泳池里也没法开心地游泳了，自从那个夏天过后，我在里海的时候永远会一只脚踩着沙滩，头浮在水面上来辨认可能出现的突出的鱼鳍。父母一再向我保证那儿只有做鱼子酱用的鲟，但依然不足以安抚我的恐慌。恐惧无法克制，特别是当它发起袭击的时候你根本看不到它。

我几乎已经到了那艘倾覆的船和扎尔旁边，这时第三颗照明弹划过了夜空。我清楚地看到两个弟兄正努力接近敌人的炮火，想要消灭他们：一个人膝盖以下都泡在水里，撕下了步枪上的塑料衬垫，而另一个人已经登上了一架梯子，正朝着狙击手所在的窗口射击。

照明弹的光减弱时，我看到一个火球朝着我们的方向飞来。我立刻跳进水里寻求庇护，沉浸在它深邃的怀抱中。我虽然闭着眼睛，但还是被一道强光击中，一堵水墙推着我浮动，仿佛我是一片随波逐流的羽毛。雷声照例姗姗来迟，也许是吧，但它到来的时候我已经没有知觉了。

我艰难地睁开眼睛，睫毛像是被粘在了一起。我感到迷惑，在半明半暗中，我无法辨认出室内的陈设。我慢慢地开始感觉到身体的存在。全身都疼痛不已，还有偏头痛，像是有一列特快火车在我脑子里尖声鸣笛，从一只耳朵通过又穿进另一只，中间没有车站，也不停下来补充储备。我躺在一个坚硬无比的表面上，周围弥漫着下水道那种难以忍受的恶臭。

我努力回忆失去知觉前最后的记忆。然后我猛地坐了起来。可是我感到脑子里有种剧痛，这种疼痛简直难以忍受，如果我的手没被绑住，一定会把世界劈成两半。我的衣服全湿了，而且很有可能是被我自己解决生理需求时弄脏了。我隐约看到一个人的轮廓，蜷缩在墙边，头垂在双臂和膝盖之间。

“你是谁？”我朝他喊道，同时感觉到脑子里的火车开始比之前更响地鸣笛。

那个人轻轻地抬了抬头，动作慢得不同寻常，他看了我一眼，又用手臂抱住了头。那是扎尔。

我用屁股在地板上滑行，来到他身边，一边呼唤他一边用绑在一起的手摇晃他。他又抬起头，用完全无神的眼睛看着我，没有任何表情，就像一张白纸。他张着嘴呼吸，几乎像是在低声哼唱。他的手也被绑着。

“扎尔?！扎尔?！你怎么了？”

他什么反应都没有，就像不存在一样。

“你知道我们在哪儿吗？”

我反复叫他，但没有用。就像是和人体模型说话一样。我扶着他的头，想打他几巴掌让他醒过来，但我马上就停下了：他头上有凝固的血迹，从后颈一直延伸到下巴。

我看了看周围，想弄明白我们在哪儿。看起来像是一个完全用铁建成的监狱。不过地板略有倾斜，阳光艰难地从又小又脏的四方窗户里照进来，对面的墙上有一面昏暗的镜子。

我努力集中注意力去听声音，但除了自己脑袋里不间断的嘶嘶声，似乎没有别的了。我自己脑中的声音被削弱了，就像泡在水桶里一样。我依次摸了摸自己的耳朵，都被血浸透了。

我试着用牙解开绑住我双手的那根鞋带上的结，但是马上就放弃了：它被盐浸过，完全没法解开，而且我的偏头痛更严重了。我决定站起来出去，但头晕得太厉害了，像个醉汉一样重重地摔倒在地上。我试了好几次才终于站起来。我脚步沉重地走向大门，把它拉开，一道让人睁不开眼睛的光照在我身上。

“扎尔，门是开着的。来！”我对他说，但他甚至都没有抬一下眉毛来回应我。

我走出去，在大门高出地面的门坎上绊了一下，向前猛冲了几步，最后抓住了一块生锈的铁板才没有从前面掉下去。

太阳高悬在天空中，大海就在我脚下几米处，有轻微的海浪。目之所及，全是海洋。

我倚着护栏艰难地走到了一个像是观景平台的地方。我看着四周，感到难以置信。就好像置身于一个噩梦或者一部恐怖电影里。我站在一艘商船尾部的小塔上，这艘船已经搁浅并进水，水一直漫到上层甲板，在那儿的集装箱上，我们汽艇上那些弟兄的尸体就像软木塞一样漂浮着。远处，就连船头也在冒水，虽然没有船尾那么严重，但也完全被锈蚀了。

我感觉到有个尖锐的东西刺在背上。我吓得立刻转过身。是一把卡拉什尼科夫步枪，握在一个和我差不多高的伊拉克男孩手里。

他后退一步，嘴巴动着，发出一串我听不到的声音。我摇着头，想让他明白我什么都听不见，而且就算听力恢复了，我也不懂阿拉伯语，他那像疯狗一样的狂吠我一个字都听不明白。

他仍然在继续叫喊，然后做出一些威胁性的脸部表情，动了动步枪，让我明白他是叫我回到刚才被关的那个船舱。

一进去他就把我朝扎尔推过去，仍然是用那把卡拉什尼科夫步枪，好像那是个同声传译机，他让我架起扎尔，然后从船舱里出去。我的双手还绑在一起，可想而知费了多大劲才抬起扎尔，他不会站起来也不会听话。我们摇摇晃晃地来到船尾甲板，中间跌倒了好几次。

那个伊拉克人仍然托着步枪，用它给我们指着上层甲板尽头那段完全浸泡在水里的台阶。我憎恨地盯着他，摇了摇头：他不能就这么把我们扔进海里，与其这样倒不如直接在那儿朝我们开枪。他指指我和扎尔的裤子，我想他是让我们洗干净。他推着我们下台阶的时候，我把绑着的双手给他看，这事关重大，我们可能会被淹死。

实际上，甲板上的水还没淹到肚子。我解开衬衫的扣子，但没法完全脱掉它，然后我转身背对着那家伙以便脱掉剩余的衣物，他仍然用枪指着我们。扎尔还是靠在台阶上，一动不动，好像已经和它融为一体：他腰以下全都在水里，却一动不动，任凭自己浸在水中。不张开双臂几乎就没法保持平衡，也没法抵消海浪的冲击，我脱裤子和内裤的时候好几次栽倒在水里，那种混杂了咸味的味道对空着的肚子真是种折磨。我全身都擦伤了，当我把头浸到水里准备洗的时候，那列本来已经停在脑子里某处的火车又开始疾驰和呼啸。

我尽量洗干净自己的衣服，重新穿上内裤，我把裤子举高，想让那家伙明白我打算把它抛到船尾甲板上晾干。他动了动步枪，同意了。

我把扎尔扶起来，他任由我脱掉衣服、冲洗身体，就像一个温顺的婴孩。我掀起他的衣角，擦干净他脖子上和脸上的血迹，没敢像我自己洗那样把头埋进水里。我扶他上台阶的时候，听到一声接一声闷响，就像一串鞭炮在密封的罐子里炸开一样。我抬起头：那个伊拉克小子正在朝着水面四处放枪。我用自己的身体护住扎尔，然后朝他大喊问他到底想干什么。他用冒着烟的枪口指向漂在海面上的一个背包：我得去把它取回来。

我用比先前更憎恶的目光看着他，因为我原以为他看到我们肮脏不堪，出于怜悯让我们去洗干净，结果只是想要那个背包，却又害怕鲨鱼，真是个胆小鬼。

我抬起绑着的双手：肯定不能这么游泳。他吼了一句什么，然后朝我们附近的海面开了几枪。我没有让步，摇了摇头，再次向他展示手上绑着的那条鞋带。最后他让步了，示意我们上来。

我帮着扎尔走上台阶，一次挪动一只脚，他已经变成一个机器人，脸上所有的肌肉都拉长了，像是一个蜡质的面具挂在点燃的壁炉上方。

我们回到船尾甲板，我把扎尔和我们的裤子晾在太阳底下，然后向那个伊拉克人伸出胳膊，让他给我解开。他用步枪的枪口抵住我的心脏，从挂在腰上的套子里取出刺刀，然后把刀刃插进我两手之间，挑了一下。我想，假如我在肉搏训练中练得更好一点，也许就能来一个半转身抬起他的卡拉什尼科夫步枪，把形势掌控在自己手中，在电影里，演员们想要做到这一点总是容易得惊人，但我的膝盖抖得就像湖边两杆干枯的竹子。而且他的瞄准器正对着我的胸口，手指紧靠在扳机上，这让任何逞英雄的行动都泄了气。

我脱下衬衫和短袖衫，翻过了护栏。我看了看军用背包所在的位置，然后扭头看着那家伙，他挥了挥手中的步枪，要我迅速行动。

“你这个混账的伊拉克人，全家都是婊子养的狗屎，吃老鼠和蜥蜴的家伙……”那家伙朝天开了一枪，我立即跳到水中，就像人猿泰山在电视剧片头曲里从瀑布顶端纵身跃下一样。

我感觉到肚子拍击水面，好像跳进了烧着热油的煎锅里，但我用全部的力量游着，仿佛脚被张着大嘴的鲨鱼咬住了。我抓到背包然后往回游，回程的时间不知用了多久。当我的脚踩到通向船尾甲板的那个干燥的台阶上时，才终于松了一口气。

那个家伙从我手里抢过背包，重新把瞄准器对准我的胸口，从夹克的口袋里取出另一根绳子来绑我。

我就像下水道里的老鼠一样滴着水，走回扎尔身边坐下。“你猜怎么着！那个背包是你的啊！”我跟扎尔说，脑子里还在嗡嗡作响。

那个胆小鬼把背包打开，然后把所有东西都倒出来，左右两边都扔着他不感兴趣的东西，直到看见那个罐头。

当我们把参加志愿军的决定告诉米尔·哈桑尼老师时，他送了我们每人两听罐头，这些罐头食品是他们在清真寺的院子里做的，要送到前线。他叮嘱我们，在战场上每次取得胜利之后吃一罐，同时想想他，这样一来他会觉得当伊斯兰战胜不忠的异教徒时，他也以某种形式亲身参与，我们就照他说的做了。在包围重炮、渗透进伊拉克领土的那个夜晚，伤员和牺牲者都被转移后，我和扎尔一人打开一个罐头，没有加热就狼吞虎咽地吃掉了，完全没理会分发给我们的食物，反正这些食物也送迟了。大概几个小时以后，我们开始肚子疼，疼得不知道怎么才能把刚才吞掉的美食驱逐出去。我们弯着腰，解开了裤子，和其他人保持着适当的距离，上吐下泻，翻江倒海。接下来的几天我喝完了这辈子所有的茶。在执勤看守、参加布道或者祈祷的时候跑出去免得害别人逃跑，实在是太尴尬了。

“把你那一罐给我，我把它扔掉！”

“想都没想过。”扎尔答道。

“你不想再难受一次吧。”

“想都没想过。”

“那你拿着它干什么？当作炸弹扔给复兴党[1]徒吗？”

“想都没想过。”他一直这么说，把我惹火了。

“你这唱片不转了吗？”

“想都……”

“安静！安静！别说那句愚蠢的话了，要不然……”

“我想把它带回家。”

“你打算给你爸下毒吗？”我被他逗乐了。

“我要让米尔·哈桑尼先生把它全吃掉，吃得一点儿不剩。他不但没有给前线帮上忙，还披着民兵的外衣当伊拉克间谍。他跟我们说，‘每次胜利之后吃这个！’要是我们在胜利之前吃呢？还怎么打仗。”

我大笑着想象那个场景。“哎呀，他本来是想做好

[1] 指伊拉克复兴党，当时执掌伊拉克政权。

事的。”

“做好事？想想那些不幸收到他那援助食品的倒霉难民或者战士吧。这玩意儿能放倒整个部队。”

“你打算怎么说服他吃掉这东西？”

“我跟他说这本来在某个伊玛目的圣陵里。”

“你再想象一下之后会发生的事，在课堂上……”

“还有在清真寺里？”

“或者，晚上在检查站？”

“兄弟们，姐妹们，把你们的文件给我……那些人……那些在汽车里的人……”

“不许逃跑，否则我就……我就……我就开……”

“然后就发生了德黑兰历史上最大的爆炸。”

“第二天新闻里就会说，”我绘声绘色地补充道，“民兵队的弟兄、著名的宗教学和阿拉伯语老师，米尔·哈桑尼先生不见了，他在昨夜的一次爆炸中失踪，这次爆炸引发了有史以来第一场大便雨。”

扎尔又露出了他那种富于感染力的笑容。

“我们这么瞎编，会下地狱的。”我最后说。

“才不会！我们已经在地狱了。”

我们的狱卒一看见那个复仇罐头，就像一个星期没吃东西似的抓住了它。

“他不知道自己在冒着什么风险。”我对完全睡过去的扎尔说。

那个家伙用饥饿的目光狠狠地瞪了我一眼。他拔出刺刀，用刀尖在罐头盖的边缘戳了个洞，然后一下一下掀开了罐头。

我看见他闻了闻里面的东西，似乎想吃一点儿。他在风中说了句什么，然后转过身子开始狼吞虎咽地吃罐头，嘴里塞得满满的。

吃完以后，他用衬衫的衣角擦了擦嘴，然后把空罐头瓶扔给我。我伸手把它接过来，看到他已经用手指把里边刮得干干净净，我就假装用舌头把它弄得更干净。

我祝福他：“好胃口！”然后把头靠在扎尔的肩上，他在睡梦中动了动嘴巴，但听不懂说了什么。我闭上眼睛，享受着阳光照在皮肤上的热度。

我再睁开眼睛的时候，刚才的罐头已经生效了。伊拉克人连影子都没了。我用脚紧紧压住罐头瓶，然后开始把绑着我的绳子靠在它尖锐的边缘上来回摩擦。好几次我都割到了手腕，因为我还在不停地环顾四周，免得被他发现。

“现在我把你解开，我们让那个吃老鼠的混蛋当人质。”

扎尔像是在睁着眼睛做梦。

“来，站起来，现在我们是二对一！”我把他扶起来，但他没法站住。“来，起来！”他顺着墙滑下来，又坐回地上。

“我们差不多是二对一……那一个有武器。帮帮我们吧，主！”

我看了下四周，寻找能杀掉那个混蛋的东西，但是除了罐头的盖子以外什么都没有。我像猫一样蹑手蹑脚地走到之前那个船舱的门口，门开着：那把卡拉什尼科夫步枪靠着门框放在地上。“这大笨蛋！”我一边想一边得出了结论。“他这辈子连一部电影都没看过。”

我靠近门口，心跳快得不能再快。“我先看一眼里边，迅速抓到枪，上膛，打开保险，然后打光所有子弹。这么一来我就肯定能打死他了。”我按照确切的顺序对自己重复了一遍要做的动作，以免发生意外。“一，二，三。奉宽厚仁慈的主之名！”

我飞快地探头，门里漆黑一片，我隐约看到一个黑影朝我跑过来，就像隧道里一辆没开前灯的汽车。我向后退，看见他跑出来，在门槛上猝不及防地绊了一下，猛地冲向栏杆。我在这时候仅仅是抬起脚帮了个忙，让他飞进了波斯湾的海水中。

我抓起卡拉什尼科夫步枪，瞄准他在海面上留下的一圈泡泡，我朝着旁边开了几枪以后，真想冲着他的头射击来回报他早晨的敌意。

他刚一浮出水面，我就已经打空了近一半弹匣，而他左右摇晃，继续上下沉浮，胳膊急切地挥舞着。

“去死吧，混蛋！”我难以置信地看着这一幕，在心里暗暗喊道，“你都不会游泳！”

我满意地看到，他每次浮上来时，嘴里和鼻子里都在喷水，但最后，我本能地跳下水，从后面抓住他，一直把他拖到上层甲板。

我松开手把他留在那儿，然后跑上台阶去取回步枪。我拿枪指着他走过去的时候，他还留在原地：不停地咳嗽、朝身边的一圈水里呕吐。

“真恶心，你这吃蟑螂的阿拉伯人！”我一边说，一边再次向四周开枪，学着西部片里的牛仔让醉鬼们四散奔逃。

当我的手指扣下扳机，却没了接下来的反冲力时，我意识到已经把整个弹匣都打空了，里边连一枚子弹都没剩下。于是我站在台阶顶上，挥动胳膊朝他喊道：“上来，婊子养的伊拉克人！”

这家伙脚步蹒跚，几次跌倒在水里，他举着胳膊走到台阶底部，然后深一脚浅一脚慢慢地爬上来，还时不时停下来呕吐。

我没跟他说话，他眼睛里装满了恐惧和眼泪，自觉地从套子里抽出刺刀扔到我脚下，然后像一袋土豆一样沉重地倒下了。我走上前去，从他口袋里拿出一根绳子想绑他的手，但绳子破烂不堪而且肮脏，我便放弃了，免得自己也呕吐起来。我走过去坐到扎尔身边，他又完全睡过去了，而且躺在地上。

过了一阵子，饥饿感开始折磨我，我鼓起勇气，拖着我的人质到了栏杆旁。我绑上他的手和脚，然后自己去搜寻整条船。我找到伊拉克人向我们射击的那个房间。里边堆满了各式各样的武器：手枪，轻机枪和重机枪，火箭筒。地上是几具已经发臭的尸体，两个伊拉克人，还有一个我们那艘汽艇上的弟兄：他们被交错的炮火击中并死去，而且还破坏了无线电。我想找个东西盖住他们的尸体，但没有任何类似床单的东西。于是我抓着他们的腿，把三个人都拖到角落里，让他们互相挨着。最后我自己拿了一把手枪和一些弹匣，把其余的枪械堆到一个带钥匙和锁的船舱里。

我站在船的最高点观察四周，要辨认出陆地纯粹是幻想。我真不知道这巨大的海湾怎么会有这么浅的轮廓。附近仅有的东西就是死去的弟兄们的遗体，漂浮在四周。

我来到上层甲板，又是走又是游，把遇到的第一个弟兄的遗体拉到了台阶下边。我打算把他带到上面，和船舱里的其他人放在一起，免得鱼把他吃掉。但他太重了，我只好放弃，然后把他拖向船头，放在一块干的地方。我照这样处理了其他尸体，并找到一块缠在集装箱之间的塑料布，把所有人盖住了。

我回到船尾甲板上，扎尔和我们的前狱卒都保持着我离开前的姿势。饥饿和口渴在继续吞噬我。我找到一个半空的军用水壶，然后扶起扎尔的头想让他喝一点水，他全喝干了。我到卫生间所在的船舱想灌满水壶。水龙头里流出一股微咸的水，我凑过去一直喝到想吐。我洗了洗手和脸来恢复一点精力，同时也是为了洗掉额头上和眼角凝结的盐。

我找到三条毯子，一个人一条，然后我躺在扎尔身边，像落日一样精疲力竭。我想起自己忘记了祷告，这会儿做晨祷太晚，做晚祷又太早了。我想，主会理解也会原谅我在他面前的过失。

我缓缓闭上眼睛，黑暗开始从远处铺开它的黑斗篷。海水拍击船体的声音渐渐减弱，轻轻摇晃着我，我在天空中最早出现的星光下睡着了，这些星星不愿向黑夜屈服，还邀请其他同伴一起战斗。

我重新睁开眼睛，又到了白天，周围的一切都没变化。

扎尔半闭的眼睛盯着空中，用微弱的声音反复说他渴了。我在卫生间里灌满了水壶，这时候水管里只能时不时地流出一小股水，我把水壶带回去帮着扎尔喝，免得他被呛到。我的人质也想喝水，我让他喝了。我没再绑着他，手里拿着枪把他带到了上层甲板的台阶那里。他以为我要在水里处决他。我不知道他是在向主祷告、祈求原谅和仁慈，还是在求我发发慈悲原谅他。我示意他脱掉衣服洗一洗，就像前一天我和扎尔那样，因为他现在成了个不像样的人质。

在卡拉什尼科夫步枪的威胁下，他被迫帮我把扎尔带下来，但我还是亲自给扎尔洗了洗，收拾干净。他们在太阳底下晒着，我再一次去船舱里寻找食物，希望在某个角落里发现什么吃的东西。

我看了看船舱里的镜子：半裸着，几乎被太阳晒伤，疲惫，饥饿，难过。我看着镜子里自己的眼睛，向主询问该怎么办，他为我和扎尔定下的计划是什么。我祈求他的帮助，祈求他给我们派来援助。我注视着镜中的自己，并没有从主那里得到信服的答案，这时候，灵感来了。

血从来不会让我感到震惊，我从小就习惯了看着血流向家中院子里的下水道，或者流进街上的排水沟里。革命前，我爸爸每个月有一两次会用汽车行李厢载着一只羔羊或者绵羊回家，总是在星期四。我整晚都会和它玩，给它喂青草或者花园里找的叶子。然后在第二天，马什法哈德一大早就来敲我家的门，他是清洁工，总是拿着一把长长的高粱做的扫帚把我们这条街从头到尾打扫干净。不过，人行道的清洁需要街上的居民来做。

我们先请马什法哈德喝点茶，然后他去院子里把所有工具都在地上放好，其中包括不可或缺的长条小树枝，这是他来我们家之前摘的，叶子还绿着。他从皮包里抽出刀具并把它们磨光，直到刀变得锋利无比，只需要一刀就能把铁丝也切断。他会盛一碗水，接着把水端到我那新玩伴旁边，我不得不用最后一次抚摸跟它告别。马什法哈德跨过羊身，用腿把它夹住，它用恐惧的眼神看着我求我救命，接着马什法哈德依照惯例从碗里取点水，强行让它张开嘴倒进去。

马什法哈德把羊放倒在一侧，将膝盖压上去免得它挣扎，接着把长刀放在它喉咙下，高声说“奉宽厚仁慈的主之名”，用极快的动作切开它的气管。只要几秒钟，血就像打开了水龙头一样流出来，汹涌而下，和心跳一起逐渐减弱，还伴随着发出汩汩声。它挣扎的力气越来越微弱，直到最后投降时的一次颤抖。在这时，马什法哈德用一根绳子把它头朝下吊在院里的树枝上，在羊的后蹄上切个小口，像插入皮下导管一样把之前带来的那根绿色树枝插进去，尽量把这树枝推向深处。接着抽出油腻的长树枝，朝着切口往里吹气，就像吹气球一样，这样一来羊的毛皮和身体就分离了。随后，他从咽喉开始剪羊毛，一直剪到蹄子，最后只用一下就把所有的毛除去。

马什法哈德再干净利落地一刀划开羊的肚子，内脏掉进放在底下的盆里。接着他会抽掉羊骨，放在一张塑料布上，洗干净所有的装备和院子地上的每一丝血迹。我家人请他喝过最后一杯茶，把羊毛和一块肉送给他，我爸爸付给他钱，然后等他出去关上门，我们就点起烤肉架，午饭能吃到一串串羊肝、羊心、羊腰、羊肺，如果是只公羊还能吃到睾丸。晚上我们用一口大锅做羊头和羊蹄，第二天早上吃洗干净并煮了一夜的内脏，虽说会散发出一股味道。剩下的用刀和斧子砍成小块，我也会帮点忙，按照肉的种类分开并冻在冰箱里，预备着随后吃。

只有一次，我不顾一切地哭着不让我的羊被割开喉咙宰掉，那次是因为我爸把它带回家以后，第二天马什法哈德生病了没来。在接下来短短的几天里，我和它有了感情，以至于再也见不到它的想法让我的内心备受折磨。我不愿意帮忙宰羊，但后来我在烤串面前垂涎欲滴，没能信守只吃面包的决定。

我看到的第一具人类遗体是在奶奶的葬礼上，她被白布完完全全地裹起来。我在将要埋她的墓穴边上，抓着爸爸的腿。爸爸哭得像个孩子，我看见他这个样子也控制不住眼泪。我们安置好遗体之后把她的脸露出来，我看见了她的样子。她的脸因为事故而面目全非。在很长一段时间里，我都噩梦连连，还极度怕黑，就连白天下地窖也害怕。

后来，在革命期间和革命结束之后，我看见过那么多被炮弹摧毁的烈士遗体照片，以至于我相信烈士们确实会永存，但死去的人，或者说他们留在人间的部分，只不过是一些肉体，并不会伤害到谁。不过，在我刚到前线看到第一具伊拉克人的尸体时，还是跳起一米多高。有人拿毯子把他遮住了，我还以为士兵们就像在训练营里那样把毯子一条摞一条地堆在那儿，于是直接坐了上去，而且因为身体疲劳，我把全身的重量都压在那具尸体上。为了表现出我并不害怕，也为了证明刚刚大喊一声是因为我误以为害死了自己人，我只好帮着把那具尸体抬走。他那么凉，在灼热的太阳底下触到算是种慰藉；他又那么僵硬，有助于我说服自己这只不过是一个物体，而不再是一个人。我帮忙挖了墓穴，并心不在焉地用一捧土填上，好让他的恶臭不要污染空气，做完以后，我毫不犹豫地在他的墓上吐了唾沫。

我的灵机一动源自饥饿，否则我脑子里没有一个神经元能构思出这样穷凶极恶的计划。我在电影里看见过有人这么做，并不完全一样，但方法就是那样的。而且无论如何，动机都是相同的：饥饿，还有求生的本能。我鼓起勇气走进一个船舱，之前我在这里安置了两具已经僵硬的伊拉克人尸体，还有那个军中弟兄。我在船舱里待了很久，始终没法下手用刺刀刺穿他们那尚且完整还有毛发的皮肤。然后我穿过浸在水里的船体来到船头，那儿有我拖过去的其他弟兄的遗体。我脱下其中一人已经用不到的衬衫，伴随着不间断的恶心，我把他一条小腿从大腿上卸下来，由于阳光的照射和上边覆盖的塑料布，腿还带着温热，我不去看它，直接带到了甲板上。

我的人质用惊恐的目光看着我，不断地低声向主祈祷。我坐在地上，咽了几次口水，把那条腿上的皮肤剥掉。我把肉都切成小块，直到觉得符合要求了以后，才在伊拉克人怀疑的目光下把它们全都抛进海里。我拿着两个手榴弹，一只手一个，都去除了保险。我等着海面聚集起足够多贪吃的鱼，然后把两个引信同时拉掉，把它们扔进鱼群，然后躺倒在甲板上。

爆炸过后，我跳进水里，没等鲨鱼赶来欢迎我，就把所有的鱼都打捞起来，或者说是几乎所有的鱼，因为它们到处漂着。我像个落在水面又反弹起来的球，重新爬回到船上，而那人质正带着赞许的微笑看着我，露出几颗坏掉的牙齿。

我从船舱里找来各种能烧的东西堆在船尾甲板上，预备点火。然后从步枪的弹匣里取出几个子弹，按我在革命过后那几晚学会的方法操作，当时是为了把我们的名字写在人行道上并让它再也去不掉，我把子弹的尖端塞进弹匣的孔里，撬宽底部，再把它们从弹壳里取出来。最后我把火药倒在一块干燥的布上，加进捡来的小木片。

我用手把烤成糊状的鱼肉放进扎尔嘴里喂他吃，然后让他喝了剩下的那点水。人质用贪婪而同情的目光看着我们。他没跟我要食物，但我自己吃饱以后，还是给了他足够的鱼肉，他每吞一大口都用阿拉伯语感谢我，但也有可能是在诅咒我。

最后他用绑着的油腻双手拍击胸口，对我说："萨达姆，萨达姆。"

于是我也做了同样的动作，骄傲地回答他："霍梅尼，霍梅尼。"

他朝我摇头，最后我明白了萨达姆是他自己的名字，这样一来，我就不得不把我的名字也告诉了他。

我指着扎尔脖子上的伤口，让那家伙明白我根本不想听他说话，因为既然他的同伙都已经死了，肯定是他把扎尔弄成这个样子的。他用急切的手势向我保证，扎尔头上的伤跟他一点关系都没有。不过我很清楚一点，就是决不能信任一个绑着双手的人，尤其是一个名叫萨达姆的伊拉克人。

我得想办法离开这里。扎尔的情况越来越糟，而我们的人不可能知道现在的状况，因此也就不会来救我们。

接下来的两天，我又炸了几次鱼，每当扎尔睁开眼睛，我就把他扶到甲板上，跟他说话，给他讲我们都爱看的电影。我模仿约翰·韦恩或者查理·卓别林走路的姿势，做出哈罗德·劳埃德那种散漫的样子，学杰瑞·刘易斯扮傻瓜，假装是纳赛尔·马拉克·莫提和贝洛兹·沃素吉，在电影《恺撒》中朝天大吼：“恺撒，你在哪儿？他们杀了你的兄弟！”[1] 在每个场景中，我都强迫萨达姆扮演坏人的角色或者跟我决斗，他也觉得有趣极了，不过我一直绑着他的手，尽管他不会游泳，而且要是没有我早就饿死了。他除了吃和睡什么都不干，就好像我是他的仆人，只有在扶着扎尔的时候能派上用场。除此以外，他就只会扮演英雄的对手，英雄当然就是我。总之，在飞身跃起、射击或者功夫的包围下，他到故事的最后总会屈服。

当我完全沉浸其中的时候，就能朝扎尔露出一个难以觉察的歪着嘴的笑容。一旦看到他露出疲惫的迹象，我就陪他回到船舱里，让他盖着毯子休息，哪怕天气很热。我们四周都是水，但荒谬的是没有喝的水了。我吮干了水管里剩下的那一点，然后直接对着扎尔的嘴喷进去，不想浪费一滴。

为了打开船上的集装箱，我不知多少次跳入水中，但不管用什么撬都没法破坏上边的锁，也没法强行打开任何一个。我甚至试过扔了几个手榴弹，可是除了把门炸成碎片，什么都没得到。最后我拿了一个火箭筒并发射了它。

---

[1] 指 1969 年的伊朗影片《恺撒》，被称为伊朗电影的里程碑。

在这以前我从没发射过火箭筒，尽管已经按要求绷紧了背部而且向前倾，可还是向后飞出好几米，最后我在被逗乐的萨达姆眼皮底下，一屁股坐到了地上。我炸开的前几个集装箱里只有意大利通心粉、衣服、一台巨大的车床，以及其他没用的机械，第五个集装箱里却溢出了汽车轮胎和卡车轮胎的内胆。我和扎尔曾经看过一部背景是非洲的电影，我们为这部片子的结局哭了好久，然后捡回一辆卡车的内胎，把它修补好、充满气。然后我们穿着泳装，成功地在街尾那条河上航行，穿过一座又一座桥，直到内胎被一个破瓶子戳爆，在屁股底下炸开，我的半边屁股也几乎被戳破。

于是我试着把集装箱里的几个内胎吹起来，但还没等它们变成松垮的环形，就没法再往里吹气了。因为脸疼，我不得不放弃。需要有个泵，可在船上连个影子都没有。

夜里，扎尔抖得像一片叶子，我正抱着他睡觉，然后猛地惊醒，因为一只手按在了我的嘴上，一个屁股压在我胸口，我在地板上动弹不得。舷窗外突然照进一束光，是一枚照明弹在天空中炸开了，照亮了那只手和屁股：是萨达姆。他把手放在鼻子上示意我保持安静。我以为是弟兄们来救我俩了，而这个混蛋想阻止他们带走我们。我激动地想要挣脱，但他坚持让我安静。然后他站起来，用手势叫我跟着他去外边看。

有两艘小艇绕着船高速行驶，每艘艇上都有三个武装到牙齿的人。他们都身着那种刚行过割礼的孩子穿的白色长衫，显得荒唐可笑，这些人有可能来自波斯湾的任何一个国家，甚至可能是阿拉伯人、伊朗人。我指着他们问萨达姆："伊拉克人？"他耸耸肩表示不知道，然后给我做出了机枪射击的动作。

"我们应该朝他们射击还是他们要打我们？"我用手势问萨达姆，他用食指划过脖子，表示对方会割开我们的喉咙。

"他们是走私者？"我尝试问他这个问题，但靠手势没法表达清楚。"就是走私者。"我自己得出结论。

第二枚照明弹升空，紧跟着，船那边传来难以理解的喊叫，他们可能想弄清我们这艘商船上有没有人。借着这道光，我看到门外的两把卡拉什尼科夫步枪，一个装满了弹匣和手榴弹的背包，两个已经准备就绪的火箭弹和其他待装的火箭。我用询问的目光看着萨达姆：所有这些武器和装备都是我跑了好几趟才锁进另一个船舱里的，它们究竟是怎么跑到这儿来的，尤其是他怎么会在没吵醒我的情况下把这些东西搬过来？

他示意我跟上，眼神里带着恐惧，和他之前溺水时我朝附近射击的那次一模一样。我将一把手枪放进扎尔手里，虽然他熟睡着，但我还是在他耳边低声说无论如何都别动。

走私者们用阿拉伯语喊了什么，然后用带着浓重口音的波斯语问船上有没有人。

我在船尾甲板上准备就绪，也喊道："你们是什么人？"

"朋友！"他们中有人回答。

"走开，否则我们就开枪了。"

"你们有多少人？"黑暗中，之前那个声音朝我呼喊。

"足够……"我没说完这句话，因为他们已经开始朝我射击了。

正当我力图在甲板上滑行改变位置时，一个照明弹从离我几步远的地方发射出去，紧跟着就是一发火箭弹，击中了两艘小艇中的一艘。

我望向萨达姆，吃惊地朝他微笑。

另一艘艇上的人仍在不停地朝我们射击，而我们已经成功地将走私者的数目减半，也开始回击他们的炮火，直到我们听见他们离开。

我们欢呼雀跃地拥抱在一起庆祝胜利。这比我设想中简单得多，整场战役在短短几分钟内就结束了，我们1∶0打赢了那些强盗。正当我们互相用力拍肩膀的时候，听到别的汽艇正在靠近。

我们等待着，直到对方开到我们的船下，萨达姆才发射了另一枚照明弹，而我装好了右肩上扛着的火箭筒，准备发射。

天空刚被照亮，我就看到这次一共有三艘艇，上边的船员也不再是阿拉伯着装，而是军人装束，他们都穿着伊拉克制服。我立即瞄准了最近的那艘汽艇，但萨达姆阻止我开枪。他又把食指放在鼻子上叫我保持安静。他拉着我的手，引我到扎尔在的那个船舱里。他摸索着找到一个壁橱，让我进到里边。他跑出去朝那些人喊了几句话，然后就是漫长的寂静。

随着一阵脚步声迅速朝我们靠近，我感到脸上迸出热量。通过壁橱门上的小孔，我看到船舱的门开了，一束手电筒的光正对着我，让我睁不开眼睛。是萨达姆。他进了门，仍然照着我，用阿拉伯语轻声说了句话，然后把一个东西放在扎尔的头旁边。那是一壶水。他又低声说了几句，四下寻找要拿的东西，好像连他自己也不知道要找什么。他抓过一个我几乎充好气的内胎，但正要出去的时候，他也被一个手电筒照亮了。灯光后面是一个拿着手枪的军人。那个人对萨达姆说了点什么。萨达姆立即做出回应，试图用内胎把这人推出去，但对方占了上风。他转过手电筒的光对准扎尔的脸，然后用另一只手打在萨达姆脸上，使他向后跌倒。他用手枪瞄准扎尔，步步靠近，先照亮了扎尔的脸，然后照亮了水壶。他又喊了几句，弯下腰，一下子就彻底发现了扎尔。

我多希望主在这一刻把我变成超人或者绿巨人。我多希望他把我变得不可战胜，给予我《无敌金刚》里那样的人造胳膊和腿。我多希望。我多希望。我多希望。

那人一看到扎尔手里的枪，就用脚把它踢开了。然后他把一只手放在扎尔脖子上去触摸脉搏，同时把枪口抵在太阳穴上。“我的主，一切托靠你！”我开始默默地祈祷。

伊拉克人重新站起来，又开始大喊大叫，他抓住正在啜泣的萨达姆的头发，把他拖了出去。

听他们下到汽艇里以后，我从藏身之处走出来。我拿起火箭筒，做好发射的姿势，这时候那人正在汽艇上推搡萨达姆。我已经瞄准了，预备把他们都打死，可是我的手拒绝执行，它似乎不再服从我的命令。

太阳升起以后，我花了一整天来收集所有木质的东西，然后把它们堆在船尾甲板上。我小心地让扎尔倚在上边。我等到日落，然后开枪把弹匣打空，直到点着火才停下。我不愿意让他的遗体被虫子吃掉，就像在其他人身上发生的那样，我也不愿意让他被鱼吞食，哪怕烧掉遗体会违反主的一切规定。

在一道火焰带走他的鬈发之前，我最后一次看了他一眼。我们曾说过如果对方成为烈士，就要感到高兴，还说过两个人谁都不准哭。我必须信守承诺，于是试着冲他笑，但眼泪还是落了下来。

我把他的金属牌也挂到我脖子上的那根细链上，然后把我们两人通往天堂的钥匙都扔进了波斯湾的海水中。

我来到上层甲板，躺在那些尽可能吹起来并绑到一起的内胎上。我从萨达姆留给我们的水壶里喝了一口水，用手划水离开了这艘船。当它从我视线中消失的时候，在黑暗中，在天上的一弯残月下，我已经不知道哪边是北方。扎尔肯定知道，他很懂得辨认星星。我们一起在户外度过的每个夜晚，他都会用食指把它们连起来，在天空中为我画出那些我自己难以想象的图形。

我停止用手划水，仅依靠着海浪，任凭自己漂流。

文
景

社科新知　文艺新潮

Horizon

差不多两人的战争

[意大利] 哈米德·齐亚拉提 著　张亦非 译

出 品 人：姚映然

责任编辑：田肖霞　卢　茗

装帧设计：高　熹

出　　品：北京世纪文景文化传播有限责任公司
（北京朝阳区东土城路8号林达大厦A座4A　100013）

出版发行：上海世纪出版股份有限公司

印　　刷：北京中科印刷有限公司

制　　版：北京大观世纪文化传媒有限公司

开 本：850×1168mm　1/32

印 张：5.25　　字 数：80,000　　插页：2

2016年3月第1版　　2016年3月第1次印刷

定 价：30.00元

ISBN：978-7-208-13244-3 / I·1431

图书在版编目（CIP）数据

差不多两人的战争 /（意）齐亚拉提（Ziarati,H.）著；张亦非译．—上海：上海人民出版社，2015

ISBN 978-7-208-13244-3

Ⅰ.①差… Ⅱ.①齐… ②张… Ⅲ.①长篇小说–意大利–现代 Ⅳ.①I546.45

中国版本图书馆CIP数据核字（2015）第188204号